LOCKE

ROSEWOOD BOYS

TRACY LORRAINE

AVANT-PROPOS

J'ai deux vices dans la vie.

Le basketball
La petite sœur de mon meilleur ami.

J'ai réussi à rester loin de l'une d'entre elles, si
tentant que cela puisse être.

Elle pense que je la déteste. C'était le moyen le
plus simple de m'assurer qu'elle garderait ses
distances.

Mais brutalement, nous sommes obligés de
rester enfermés ensemble dans sa maison

familiale et pour la première fois de ma vie, le basket ne va pas suffire à me distraire.

J'ai envie d'elle, et son frère, seulement à quelques mètres de moi, ne va pas m'empêcher de revendiquer ce qui aurait dû m'appartenir depuis des années.

Chère lectrice, Cher lecteur,
LOCKE est un spin-off de ma série
ROSEWOOD HIGH. C'est une histoire
d'amour en confinement et un peu de fiction
issue du monde fictionnel dans lequel nous
vivons. Ne vous inquiétez pas, la dernière année
à Rosewood ne sera pas annulée à cause d'un
virus !

CHAPITRE UN

Alyssa

A près avoir serré rapidement Lisa et Cami dans mes bras, je me tourne vers ma voiture prête pour mon dernier trajet de retour du lycée pendant un long moment, si ce n'est pour toujours.

Aucun de nous n'a vu cela venir, et c'est loin d'être la fin de l'année de terminale que nous avions tous imaginée, mais nous ne pouvons pas y faire grand-chose. Le monde est en train de s'effondrer et s'il suffit de rester à la maison pour aider, alors c'est ce que je ferai.

Je pourrai rattraper tout le travail sur lequel j'ai pris du retard, assister à quelques cours en ligne dans le confort de mon lit et discuter en vidéo avec mes amis comme si tout était normal.

Ce sera facile.

« Salut, chérie. Comment s'est passé ton dernier jour ? » Maman demande quand j'entre dans la cuisine et que je la trouve en train de préparer le dîner.

« Bien. Bizarre. Tu penses que nous pourrons y retourner ? »

« Je n'en ai aucune idée. Nous devons avoir confiance et nous dire que ceux qui contrôlent ce pays savent ce qu'ils font. »

« J'imagine. » Je m'approche de la casserole qu'elle est en train de remuer et je regarde à l'intérieur. « Tu cuisines pour toute une armée ? »

Je sais que des tarés ont acheté des tonnes de trucs dans la panique comme si l'apocalypse était sur le point d'arriver, mais faire cuire cette énorme portion semble un peu extrême. Au pire, nous avons un garde-manger plein de nourriture grâce à la dépendance aux bons de réduction de Maman. Nous n'allons pas avoir faim avant plusieurs années, j'en suis sûre.

« Ton frère rentre de l'université. »

« C'est vrai ? » Ce n'est pas une surprise. Elle me l'a dit il y a deux jours lorsqu'il a été annoncé que toutes les écoles et toutes les universités fermaient à cause de cette pandémie.

« Emerson vient avec lui. » Rien qu'à entendre son nom, mon cœur manque presque de s'arrêter.

« Pourquoi ne rentre-t-il pas chez lui ? »

« Son père refuse de le laisser rentrer. »

« C'est gentil de sa part, » je marmonne. Emerson est un con, donc je ne suis pas du tout surprise que ses parents ne veuillent pas qu'il soit enfermé avec eux.

« Ce n'est pas par choix, Alyssa. Ils sont inquiets pour l'état de sa mère. »

Les regrets pèsent lourd dans mon estomac. J'aurais dû réaliser. « Qu'est-ce qu'elle a déjà ? »

« Une mucoviscidose. »

« Je sais que cela en fait une personne très à risque, mais pourquoi ne peut-il pas rentrer chez lui ? »

« Ils ont pris tous les conseils très au sérieux et veulent éviter toute source de contamination potentielle. »

« Et cela inclut leur fils qui n'a nulle part ailleurs où aller ? »

« Ils pensent que c'est un trop gros risque. »

« Alors où va-t-il... oh, non, non, non. Maman, s'il te plaît, dis-moi que ce n'est pas ça. »

« Qu'est-ce que j'étais censée faire, Lys ? Ils sont nos voisins depuis que nous avons emménagé ici il y a plus de vingt ans et il est le meilleur ami de ton frère depuis qu'ils portent des couches. Je pouvais difficilement refuser ça dans un moment comme celui-ci. »

« Alors tu es contente qu'il vienne nous contaminer ? »

« Il ne représente pas un plus grand risque pour notre famille que toi, moi, ton père ou ton frère. Nous devons tous nous serrer les coudes dans un moment comme celui-ci. »

« Je comprends ça, Maman. J'étais parfaitement préparée pour les cours à distance et le fait de ne voir mes amis qu'à travers un écran. Mais doit-il vraiment rester ici ? N'a-t-il pas une tante ou un oncle ou quelque chose comme ça ? Et ses frères et sœurs aînés ? »

« Je ne sais pas, Lys. Je n'ai pas demandé. J'ai juste proposé de l'héberger quand Fred a appelé et m'a fait part de ses inquiétudes. »

« Eh bien, c'était très généreux de ta part. » J'ouvre le réfrigérateur en soupirant et attrape une canette de soda.

« Je sais que les choses sont stressantes en ce moment, mais tout ira bien. Il sera dans la chambre d'amis ou avec ton frère. Tu pourras l'ignorer. En plus, mon petit doigt m'a dit que tu avais beaucoup de travail à faire, donc toi, mademoiselle, tu vas être trop occupée pour te soucier de ce qu'il fait. » Elle plisse les yeux sur moi en me montrant sa déception.

« Mlle Richards t'a appelée ? », je demande avec une grimace.

« Oui, elle l'a fait. Elle a suggéré que nous nous asseyions et établissions un emploi du temps pour que tu puisses tirer le meilleur parti de cette période, car cela pourrait jouer en ta faveur en ce qui concerne l'obtention de ton diplôme. »

« Jésus, je n'ai pas de si mauvaises notes que ça, » je marmonne.

« Vraiment ? »

« Vraiment. Je sais ce que je fais, Maman. Je m'en occupe. »

« Eh bien, tu ferais mieux parce que Maddison ne voudra pas de toi si tu échoues. L'offre qu'ils t'ont faite dépend de l'obtention de ton diplôme. »

« Je sais, je sais. »

Son sourcil se lève en signe d'avertissement, mais elle n'en dit pas plus. Cela ne veut pas dire que j'ignore que ce n'est pas la dernière fois que j'en entendrai parler.

« Combien de temps avant le dîner ? »

« Levi a dit qu'ils arriveraient dans une heure environ. »

« Génial, » je marmonne, la voix maussade. « Je vais aller travailler un peu alors en attendant. »

« C'est un bon début, Lys. »

J'acquiesce en m'éloignant, mais en réalité, tout ce que je ressens, c'est de la terreur. Des semaines enfermées dans cette maison avec eux en train de me tourmenter à chaque instant sont la dernière chose dont j'ai envie.

CHAPITRE DEUX

Emerson

« **J**e comprends. Vraiment. Mais quand même, tu ne penses pas que c'est un peu merdique ? Ils pourraient simplement te déshabiller et t'asperger de désinfectant. »

« Oh ouais, parce que ce serait moins merdique, » je marmonne, en regardant par la fenêtre côté passager de Levi notre environnement familier qui défile alors que nous nous dirigeons vers la maison.

Je n'y ai pas réfléchi lorsque nous avons appris que l'université fermait et nous renvoyait tous chez nous. Je pensais retourner dans ma chambre d'enfant et attendre les prochaines semaines en essayant de ne pas me disputer avec mon père et en marquant des paniers dans l'allée comme au bon vieux temps. Ce dont à quoi je ne m'attendais pas, c'est à l'appel téléphonique de ma mère en larmes me disant que je ne pouvais pas rentrer.

Je savais qu'elle faisait partie des personnes à risque, je ne suis pas stupide. J'ai vécu avec sa maladie toute ma vie. Nous faisons tout cela pour protéger les personnes vulnérables et elle est clairement l'une d'entre elles. Je ne pensais tout simplement pas que l'auto-isolement qu'ils se sont imposés lorsque les premiers cas ont été annoncés au début de la semaine dernière irait jusqu'à ne pas vouloir me laisser entrer dans la maison avec eux.

Elle m'a dit que mes frères et sœurs avaient proposé de me prendre, mais même pas en rêve, j'ai envie d'aller vivre avec leurs familles qui s'agrandissent. Étant le plus jeune de plusieurs années, je n'ai jamais eu de bonnes relations avec eux. Nous avons toujours été en décalage et à des étapes totalement différentes de nos vies et en ce moment ce n'est pas différent. Ils semblent tous faire autant de bébés que moi je marque des paniers ces derniers temps, et je n'ai aucune envie d'aller jouer la nounou à domicile.

Quand la mère de Levi a eu vent de ce qui se passait, heureusement, elle a tout de suite demandé à Levi de m'inviter à rester avec eux.

Je lui en étais reconnaissant ; bien sûr, que je l'étais. Je préférerais de loin être coincé avec Levi plutôt qu'avec mes frères et sœurs. Mais emménager dans la maison des Perkins s'accompagnait d'une complication dont je me serais bien passé durant un enferment imposé comme si nous étions tous une bande de détenus à problèmes.

Sa sœur.

J'ai Alyssa Perkins dans la peau depuis le moment où mes hormones ont commencé à s'emballer, et peu importe ce que je fais, peu importe qui je me tape, elle est toujours putain de là. Ses grands yeux bleus innocents, ses courbes pécheresses et ses mots sarcastiques. Elle m'envoûte d'une façon qui ne devrait pas être permise.

J'ai réussi à rester loin d'elle au fil des ans. Je l'ai insultée, rabaissée, je lui ai dit qu'elle était jeune et stupide, ce qui est plutôt ridicule vu qu'en réalité il n'y a que quelques mois d'écart entre nous. J'ai tout fait pour qu'elle me déteste dans l'espoir qu'elle devienne moins tentante. Mais alors que je suis assis ici en approchant de la maison, je ne peux m'empêcher de bander, excité à l'idée qu'elle sera à portée de main pendant des semaines, voire des mois, si cela se passe comme le disent les experts.

C'est mal. Tellement mal. Levi me tuerait s'il savait que je me languissais d'elle depuis toutes ces années. Mais putain. Je la veux.

Mes yeux regardent ma maison au moment où Levi tourne dans notre rue. Je me demande comment les deux personnes qui vivent à l'intérieur s'en sortent vraiment. Papa a toujours protégé et dorloté Maman. Je ne peux imaginer dans quel état il est en ce moment. Une partie de moi est contente de ne pas avoir à le découvrir, mais la culpabilité est plus forte. Jusqu'à ce que Levi arrête la voiture sur le côté de sa maison et qu'un mouvement à la fenêtre plus haut attire mon attention.

C'est sa place habituelle sur son siège derrière sa fenêtre. Celle qui donne directement sur ma chambre et qui a une vue magnifique sur le terrain de basket improvisé de Levi.

Je souffle longuement. Je n'ai pas besoin de la voir pour savoir qu'elle me regarde. Je le sens.

« Je sais que ça craint, mec. Nous devons juste essayer de nous accommoder de ça. Tu pourras peut-être leur parler à distance en criant par la fenêtre. »

« C'est bon. On parlera par téléphone. Ils font ce qu'ils ont à faire. » Je ne veux pas qu'il pense que c'est autre chose qui me dérange, alors je fais semblant d'être énervé contre mes parents. En réalité, je comprends, et si cela m'était venu à l'esprit avant eux, j'aurais probablement proposé d'aller ailleurs pour protéger Maman. Je n'en ai tout simplement pas eu l'occasion.

« Alors, viens. Maman est en train de nous préparer sa spécialité. » La simple pensée du chili maison de Leah me fait gargouiller l'estomac.

L'odeur me chatouille les narines à la seconde où je suis Levi qui entre par la porte de derrière et qui mène directement dans la cuisine. Ce sera le premier plat fait maison que j'ai mangé depuis des mois. Vivre dans des dortoirs avec un tas d'autres gars qui ne veulent que jouer au ballon, boire ou baiser ne donne pas vraiment lieu à beaucoup d'expérimentations culinaires de ce type.

« Tu es là, » dit Leah, en rebondissant et en enroulant ses bras autour de Levi. « Emerson, c'est si bon de te voir, » dit-elle par-dessus son épaule lorsqu'elle me voit me tenir debout un peu maladroitement dans l'embrasure de la porte.

Cette maison a toujours été comme une seconde maison pour moi. Je me suis toujours senti bien ici, mais cela dit, je n'ai jamais été enfermé ici pendant une durée indéterminée auparavant.

« Merci beaucoup de m'accueillir. »

« Ne sois pas stupide. Tu fais presque autant partie de la famille que celui-ci. » Elle ébouriffe les cheveux de Levi, à son grand dam, avant de retourner dans la cuisine. « J'ai préparé la chambre d'amis. Pourquoi n'allez-vous pas déposer vos affaires ? Le dîner sera dans dix minutes. Ton père vient de partir se laver après sa journée de travail. »

« C'est parfait, Maman. »

Levi se penche pour récupérer ses sacs avant de se diriger vers le couloir. Je m'apprête à faire de même, mais Leah m'arrête.

« Ils vont bien tous les deux, tu sais. J'ai fait leurs courses et je les ai laissées sous le porche. Ils font simplement ce qu'ils pensent être le mieux dans le contexte. »

« Je sais. C'est la meilleure chose à faire. Je peux prendre le relais avec les courses à partir de maintenant. Vous n'avez pas besoin de vous ajouter plus de travail. »

« Il n'y a vraiment pas de problème. »

Je lui souris. Je sais qu'elle arrange la vérité. Gary et elle vont devoir travailler à la maison à partir de maintenant, donc elle n'a vraiment pas besoin de courir dans toute la ville pour essayer de trouver du papier toilette pour deux foyers.

« Je veux faire ma part du travail le temps que je serai ici. Dites-moi simplement ce dont vous avez besoin et je m'exécuterai. Pareil pour Levi. »

« C'est super. Merci. Maintenant, sors d'ici pendant que je mets la table. »

Je hoche la tête et ramasse mes affaires avant de monter les escaliers vers l'endroit où je sais qu'elle se trouve.

En poussant la porte de la chambre d'amis, je suis frappé par des souvenirs de mon enfance. C'était la chambre de Levi jusqu'à ce qu'il utilise sa carte de 'Je suis le plus vieux donc j'ai droit à la meilleure chambre' et qu'il déménage de l'autre côté du couloir dans la chambre avec une salle de bain privative. Je ne peux pas lui en vouloir, mais pour l'instant je me passerais bien d'être dans une chambre avec une salle de bain communicante avec la *sienne*. Comme si la tentation n'allait pas suffire, il n'y a qu'une porte entre nous.

Des images de moi en train d'entrer dans notre salle de bain commune pour la trouver debout sous la douche, ses courbes exposées me régalant les yeux, remplissent mon esprit et ma bite se met à nouveau à bander. Que ferait-elle ? Est-ce qu'elle crierait pour que Levi vienne la défendre avec ses poings, ou m'autoriserait-elle à la rejoindre ?

Je suis perdu dans mes fantasmes quand on

frappe à la porte et que Levi passe la tête à l'intérieur, en stoppant efficacement mon érection avec un seul regard.

« Locke, tu viens ? »

Je saute du lit et je le suis, plus que prêt à la voir en personne pour la première fois depuis des mois.

CHAPITRE TROIS

Alyssa

Le grondement profond de leurs voix résonne dans la maison à la seconde où ils entrent et mon estomac se noue en réalisant que Maman n'avait pas menti. Non pas que je pensais qu'elle le faisait, mais je pouvais espérer, non ?

En me dirigeant vers ma chambre, j'ai vu que la chambre d'amis, celle à côté de la mienne, était prête pour notre visiteur. La première chose que j'ai faite en arrivant dans ma chambre a été d'aller fermer à clé la porte qui lui permet d'accéder à la salle de bain commune. Putain, comme si j'allais partager mon espace privé avec lui.

« Tu as bien travaillé ? » demande Maman avec espoir alors que j'entre dans le salon. Je garde mes yeux rivés sur elle alors qu'elle met la louche dans l'énorme casserole posée au centre de la table. Je refuse de *lui* accorder une quelconque attention malgré le fait que ses yeux me brûlent pratiquement ma peau.

« Oui, » je mens. En réalité, je me suis assise sur le siège près de la fenêtre et je me suis souvenue de toutes les choses que lui et mon frère m'ont faites au fil des années. Ils m'ont enfermées à l'extérieur de ma chambre ; putain, même à l'extérieur de la maison, une fois. Ils ont lu mon journal intime quand j'étais à mon cours de danse et ont dit à toute l'école quel était le garçon qui me plaisait. Ils ont volé mes jouets, coupé les cheveux de mes poupées. La liste des trucs est interminable. Je n'ai jamais réussi à les contrer, peu importe à quel point j'ai essayé. Ils étaient deux légendes de l'équipe de basket-ball et ils étaient intouchables. Et moi ? J'étais juste la petite sœur. La petite sœur qui n'était pas douée en sport parce que j'ai zéro coordination. Mes compétences sont plutôt artistiques, et pendant qu'ils dirigeaient tous les deux l'école avec l'équipe de foot, j'étais plus qu'heureuse de me cacher derrière une toile.

Je prends le siège vide à l'autre bout de la table et tends la main pour me servir une cuillerée de riz.

« C'est agréable de te voir, sœurette, » dit Levi, j'imagine en levant les yeux au ciel.

« Pareil. »

J'aime mon frère, vraiment. Mais plutôt quand il est seul. Il n'est jamais tout à fait lui-même quand il a de la compagnie, que ce soit quand Emerson est là ou même n'importe qui d'autre.

« Merci beaucoup de m'accueillir, Gary. J'apprécie vraiment. » Sa voix grave et profonde vibre à travers moi alors que ma main est à mi-chemin du chili. Mes yeux me désobéissent, et je me retrouve à le regarder droit dans les yeux.

Il vient peut-être de parler à mon père qui est assis à côté de moi, mais ses yeux sont fermement fixés sur moi.

Ma bouche s'assèche et je me bats pour déglutir.

« Pas de souci, fiston, » marmonne Papa en mâchant.

« Comment vas-tu, Lys ? Ça se passe bien à l'école ? », me demande-t-il, mais j'imagine qu'il s'en fout vraiment.

« Fantastique. » Je lui fais un sourire hypocrite et force mes yeux à quitter ses yeux bleu clair intenses.

Des papillons virevoltent dans mon ventre alors que son regard reste rivé sur moi. Je le déteste peut-être pour toutes les choses à la con qu'il m'a fait subir au fil des années, mais le fait est qu'il est magnifique et qu'il est le seul gars qui m'ait vraiment intéressée jusque-là.

J'avais l'habitude de passer des heures assise sur mon siège près de la fenêtre à les regarder tous les deux tirer des paniers dans le jardin, ou de garder ma lumière éteinte et de regarder à travers ses rideaux dans sa chambre quand il avait oublié de fermer les siens.

Il y a, en fait, deux bonnes raisons pour lesquelles les filles de Rosewood High lui couraient après comme des chiots perdus : ses tablettes de chocolat et ses lignes d'abdos en V que j'ai eu le plaisir de contempler à plusieurs reprises.

Ma température commence à augmenter alors que je l'imagine courir dans l'allée sans son t-shirt, sa peau luisante de sueur.

Putain de merde, Alyssa. Fantasmer sur lui alors qu'il vit dans la chambre d'à côté est la dernière chose à faire.

« Alors, comment s'est passée votre dernière semaine à l'université ? » demande Maman, en détournant toute l'attention de moi. Levi et Emerson racontent ce qu'ils ont fait et parlent du travail qui leur a été donné pendant le confinement. Je n'écoute presque pas. Au lieu de cela, je mange mon dîner et prétend avoir du travail à faire pour pouvoir m'enfuir de table.

« Lys, tu as des semaines devant toi pour faire tout ça. Pourquoi ne pas passer la soirée avec nous ? On pourrait se faire une soirée cinéma ou un truc du même genre, » dit Papa, en mettant fin à ma tentative d'évasion.

« Oui, » lance Maman. « J'ai acheté du pop-corn et de la glace. Ce sera comme au bon vieux temps. »

L'excitation sur son visage signifie que je

n'ai pas vraiment le choix. « Super. Je vais juste me changer et je redescends dans un instant. Ne laissez pas Levi choisir le film, » je préviens, en connaissant son addiction aux films d'horreur.

Tout le monde rit, mais personne n'est d'accord avec moi. Bande de tarés. Ils aiment tous se faire peur. Mais je préfère pouvoir réussir à dormir après avoir vu un film plutôt que de rester assise au milieu de mon lit, morte de trouille, en gardant la lumière allumée.

Au moment où je reviens, ils sont tous les quatre assis sur les canapés, les rideaux sont fermés et il y a des bols avec des friandises qui jonchent la table basse, malgré le fait que nous ayons tous mangé au moins notre poids en chili.

Je regarde mes options. Maman et Papa sont sur leur canapé habituel et Levi semble avoir fait main basse sur la causeuse sur laquelle j'ai l'habitude de me blottir.

Mes lèvres se crispent de colère et je me précipite vers lui.

« Dégage de mon siège, trouduc. »

« Hum... » Il bouge légèrement comme s'il allait réellement faire ce que je demande, et je commence à me demander si les poules ont des dents. Mais avant que ses fesses ne quittent le coussin, il me regarde et rit. « Non. Assieds-toi là-bas. » Il fait un signe de tête par-dessus mon épaule pour me désigner le canapé sur lequel Emerson est assis tout seul.

« Non. C'est ton ami. Tu t'assieds avec lui. » Mes mains se posent sur mes hanches pendant que j'attends.

« C'est mon siège. C'était le mien avant que j'aille à la fac et maintenant je suis de retour, donc c'est à nouveau le mien. Alors ferme ta gueule. »

« Levi!» le réprimande maman.

« T'es sérieux ? »

« Carrément. Maintenant, assieds-toi. Le film que *j'ai* choisi est sur le point de commencer. »

« Putain, je te déteste, » je marmonne, assez doucement pour que nos parents n'entendent pas.

« Oh, je suis tellement lent content de passer du temps avec toi aussi, sœurette. »

En boudant, je tombe à l'autre bout du canapé sur lequel Emerson s'est installé, en gardant le plus de distance possible entre nous. Ce n'est pas si simple, vu que c'est le plus petit des deux canapés et qu'il prend beaucoup de place.

Je m'assieds droit comme un piquet quand le film commence. C'est à peine le début et nous suivons une sorte de silhouette dans une pièce sombre. La musique est angoissante et je suis instantanément stressée.

Même si je sais que ça va me faire peur comme pas possible, je ne peux pas détacher mes yeux de l'écran.

« ARGH, mon Dieu, » je crie quand quelque chose surgit de l'ombre et se lance sur la personne qui tient la caméra.

Mon frère éclate de rire alors que je soulève mes pieds sur le canapé, en tirant un coussin sur mes genoux pour le serrer dans mes bras comme s'il pouvait me protéger.

« Tu es une putain de mauviette. »

« Levi, surveille ton langage. »

Cela ne fait que quelques heures et déjà Levi semble prêt à être renvoyé à l'université. Il ignore nos parents et reporte son attention sur la télé.

« Ça m'a fait super peur aussi, » me dit une voix à côté de moi sur un ton doux.

« Tu n'as pas besoin d'essayer de me rassurer. »

« Ce n'est pas ce que je fais. »

Soudain, le film s'arrête et Levi s'éloigne de *mon* siège. « J'ai envie d'une bière. S'il vous plaît, dites-moi que vous avez de la bière. »

« Bien sûr, » dit Papa comme si c'était la question la plus ridicule au monde.

« Locke ? »

« S'il te plaît. »

Levi est à la porte et je me racle la gorge.

« Quoi ? », demande-t-il en se retournant à contrecœur vers moi.

« J'en voudrais bien une aussi, s'il te plaît. »

« Tu ne peux pas, tu es trop jeune. »

« J'ai dix-huit ans. Tu n'as que dix-neuf ans, » dis-je juste pour l'énerver.

« Bien. Donc, je suis plus vieux que toi. »

« Prends-lui une bière, » ordonne Papa, à ma grande satisfaction.

« Tu es toujours sûr de vouloir rester ici ? » Maman demande à Emerson.

Il rit. « Oui. On dirait qu'on va bien s'amuser. »

Je ris d'un air moqueur, en faisant se tourner ses yeux vers moi.

« Quoi ? », j'aboie en me retournant pour le regarder. Ses yeux quittent les miens pour se diriger vers ma poitrine. Je ne porte qu'un débardeur, alors quand son regard se maintient et que mes tétons commencent à durcir sous son attention, c'est flagrant.

« Emerson, » je murmure, « Mes yeux sont là-haut. »

« Hein. Ouais, je sais. Tu es vraiment belle aujourd'hui, Lys. »

« Dis-moi que c'est une blague. Tu me dragues pendant que Levi est dans la cuisine ? Jésus. »

« Quoi ? Non. Je voulais juste souligner qu'être en terminale te va bien. »

« Peu importe, » dis-je en me retournant vers la télé que je n'ai pas vraiment envie de regarder. Mais son regard me fait de l'effet. Des papillons virevoltent dans tous les sens dans mon ventre et putain, je n'ai absolument pas envie qu'il sache que ses mots m'affectent de quelque manière que ce soit.

CHAPITRE QUATRE

Emerson

Le film était merdique. C'était censé être effrayant, mais c'était loin du compte, enfin pour moi, en tout cas. Pour Alyssa, c'était une toute autre histoire, elle a sursauté à chaque bruit, et à chaque passage qui était censé être un tant soit peu terrifiant.

Je me suis retrouvé à la regarder elle plus que le film. Son débardeur rose moulait sa poitrine généreuse et quand elle serrait le coussin contre son ventre, cela les faisait pigeonner d'une manière incroyable. Le seul truc dont j'avais envie c'était d'y poser mes lèvres pour voir si elle avait un goût aussi sucré que ce que j'imagine depuis toujours.

Quand elle a fini sa quatrième bière après avoir réussi à en prendre en douce après que ses parents lui ont dit d'arrêter à la deuxième, elle a commencé à se détendre. Elle a replié ses jambes sous elle et au fil du temps, elle s'est rapprochée de moi et la tentation de tendre la main pour la toucher devenait la seule chose qui me préoccupait.

« Qui en veut une autre ? » Levi demande quand le générique de fin commence à défiler.

« Je pense que c'est l'heure d'aller se coucher pour nous, les vieux, » dit Leah en se levant du canapé et en ramassant les verres et les bouteilles vides. Lorsqu'elle en prend quatre à côté d'Alyssa, elle lui lance un regard sévère, mais au lieu de la réprimander, elle murmure simplement : « Ne laisse pas ton père le découvrir. »

Avec un rire et un clin d'œil complice, elle nous laisse dans le salon.

« Si tu penses que vais en regarder un autre du même genre, alors tu dois être encore plus bête que je ne le pensais, » aboie Alyssa à Levi qui sélectionne innocemment la section d'horreur et commence à regarder les options. « Je ne sais pas comment je vais réussir à te supporter pendant tout ce temps. »

Elle se lève du canapé, à ma grande surprise en utilisant ma cuisse comme support pour se lever. Mes muscles se tendent alors que ses doigts s'agrippent légèrement à ma cuisse.

« J'ai fini la mienne. Ça ne te dérange pas, n'est-ce pas ? » Elle me regarde puis regarde ma bouteille de bière posée sur la table basse. Je n'ai pas l'occasion de répondre parce qu'elle l'a déjà aux lèvres, en prenant une longue gorgée avant de me jeter un dernier regard et de disparaître, mais pas sans que je n'aie la chance de mater son cul dans son pantalon de yoga.

« Tu as fini, c'est bon ? », demande Levi, en remarquant ce qui a attiré mon attention.

« Quoi ? », je demande innocemment. Je l'ai surpris en train de mater ma sœur à plusieurs reprises avant qu'elle ne déménage et ne se marie. Certes, il n'y avait aucun moyen qu'il ne se la tape vu l'écart d'âge de six ans entre eux, mais quand même.

Il m'oblige à endurer un autre film encore moins qu'effrayant avant que je ne m'arrête pour ce soir et que je ne me dirige vers ma nouvelle chambre.

À la seconde où je mets les pieds dans la pièce, je sais qu'elle est toujours éveillée car le son de la musique douce provenant de sa chambre me parvient et il y a une lumière qui filtre sous la porte de la salle de bain.

En fermant la porte, je retire mon t-shirt et laisse tomber mon jean. Je les jette tous les deux sur la chaise dans le coin de la pièce à côté de ma petite valise en me disant que je la déballerai demain.

Je me dirige vers la porte de la salle de bain, m'arrête et écoute pour voir si elle est à l'intérieur mais je n'entends rien avec sa musique, alors en tentant ma chance, je pousse la poignée vers le bas.

C'est fermé à clé.

En trouvant quelque chose pour forcer la serrure, je la déverrouille aussi silencieusement que possible et quand j'appuie sur la poignée, cette fois la porte s'ouvre.

Je la trouve debout devant le lavabo, une brosse à dents à la main, et à mon grand plaisir, elle n'est vêtue que de son débardeur et d'une toute petite culotte.

« Je pensais avoir fermé la porte à clé. »

« Tu l'as fait. »

Elle détourne ses yeux du miroir, dans lequel elle me regardait, pour me jeter un coup d'œil par-dessus son épaule, mais ses yeux ne restent pas sur les miens, à la place, ils descendent le long de mon torse nu, en s'attardant sur mes abdominaux avant de tomber sur ma bite qui menace de durcir.

« Eh bien, tu aurais dû considérer que c'était un indice qui montrait que je ne voulais pas de toi ici. Il y a une super salle de bain que tu peux utiliser au bout du couloir. »

« Mais j'avais envie d'utiliser celle-ci. »

« Pourquoi ? » Une main se pose sur sa hanche et son dos se redresse. Je pense qu'elle voulait faire ça pour me défier, mais tout ce que je remarque, c'est la façon dont ses seins sont mis en avant, ses tétons pointant derrière le tissu fin.

« Parce qu'il y a quelque chose dans celle-ci que je voulais. »

« Ah oui, qu'est-ce que c'est ? Mon gel douche pour nana ? »

« Même si j'aime cette douce odeur, ce n'était pas ce que j'avais en tête. »

« Oh ? »

Je fais un pas vers elle et son souffle se coupe.

« Emerson ? », demande-t-elle, sa voix se brisant alors que je referme l'espace entre nous.

Je m'arrête juste devant elle. Sa poitrine se soulève, ses seins gonflent encore plus avec son excitation. Putain, j'aimerais savoir à quel point elle est mouillée pour moi en ce moment.

« Ouais. Il semble que j'ai oublié ma brosse à dents. Est-ce que je peux ? » Avant qu'elle n'ait le temps de répondre, j'arrache le manche rose de sa main et je mets la brosse à dents dans ma bouche.

« Berk, il y a quelque chose qui ne va pas chez toi. Tu le sais, n'est-ce pas ? »

Je hausse les épaules.

« Pff, tu es vraiment exaspérant. Qu'est-ce qu'il faut que je fasse pour que tu me laisses tranquille ? »

Je finis de me brosser les dents et de rincer sa brosse avant de la déposer dans le petit gobelet dont j'imagine qu'il lui est destiné.

Je me retourne vers elle et m'approche. Elle recule un peu mais ne va pas très loin car elle heurte l'embrasure de sa chambre. « Oh, bébé. Tu ne vas pas te débarrasser de moi aussi facilement. » Je lève une main, et je fais glisser un doigt le long de la bretelle de son débardeur avant de le passer sur le devant, en aimant la douceur du renflement de ses seins.

Elle halète lorsque je la touche, ses tétons se dressant contre le tissu.

« Et je ne pense pas que tu veuilles que je te laisse tranquille. » Je me penche en avant, en posant une main sur le mur à côté d'elle pour pouvoir lui chuchoter mes prochains mots à l'oreille. « Je pourrais te faire jouir tellement plus fort que toi toute seule. »

« J'en doute vraiment. Quelqu'un avec un ego surdimensionné comme le tien cache clairement quelque chose. Peut-être une bite incroyablement petite. »

En prenant son poignet, je presse sa main contre ma bite très dure.

« Putain, » soupire-t-elle, mais à ma grande joie, elle ne s'éloigne pas immédiatement. Au lieu de cela, ses doigts s'enroulent légèrement autour de moi.

« Mmm, » je gémis à son oreille. Elle frémit alors que mon souffle chatouille sa peau. « Ne nie pas ce dont tu as vraiment envie, Lys. Quand tu seras prête à l'admettre, je serai dans la pièce à côté. Et la porte ne sera pas verrouillée. »

« Eh bien, sois certain que je vais barricader la mienne. »

« Tu sais que tu ne le penses pas. » À contrecœur, je relâche son poignet et elle le retire presque immédiatement. Son contact me manque instantanément.

En reculant un peu, je la regarde dans les yeux. Le bleu foncé habituel est presque noir de désir. Ma paume effleure sa hanche, puis pousse le tissu de son débardeur pour que nous soyons peau contre peau, et ma main finit par se poser sur sa taille.

Je scrute ses yeux, en essayant de voir si une partie d'elle est vraiment opposé à ça. Heureusement, ça ne m'en a pas l'air. Elle se bat peut-être contre moi cette fois, mais ce n'est que le début, car avant que mon temps ici ne soit écoulé, elle se tortillera sous moi et criera mon nom.

Je la relâche et je sors de la pièce. Mais à aucun moment mes yeux ne quittent les siens.

« N'oublie pas que je suis de l'autre côté de

la porte au cas où tu serais incapable de te faire jouir toute seule en quelques minutes. »

« Tu es complètement à l'ouest. »

« Quoi ? Tu penses que je ne sais pas que tu es mouillée pour moi là tout de suite ? » Ses joues deviennent rouge vif, en me prouvant ce que je savais déjà. « Exactement. Bonne nuit, bébé. »

Je me retourne, accroche mes pouces à la ceinture de mon boxer et repousse le tissu vers le bas jusqu'à ce qu'il s'entasse au niveau de mes chevilles. En l'envoyant valser d'un coup de pied, je laisse la porte grande ouverte et regarde par-dessus mon épaule avant de grimper dans mon lit temporaire. Elle se tient toujours exactement là où je l'ai laissée avec ses lèvres entrouvertes et la poitrine en train de se soulever.

CHAPITRE CINQ

Alyssa

Oh mon Dieu. Oh mon Dieu. Oh mon putain de Dieu.

Ma tête tourne et mon cœur pulse dans ma poitrine presque autant que mon clitoris entre mes jambes.

Ce n'était pas ce à quoi je m'attendais lorsque j'ai appris tout à l'heure l'arrivée de notre nouveau locataire. En toute honnêteté, je pensais qu'il m'ignorerait la plupart du temps à part les quelques insultes qu'il me balancerait à des moments bien choisis. C'est comme ça que ça marche habituellement quand Levi et Emerson sont ensemble. Et je suppose que c'était comme ça quand nous étions en bas. Mais quand nous étions seuls... putain.

Je plonge dans mes souvenirs, en essayant de me rappeler d'un moment où nous aurions été seuls tous les deux, mais rien ne me vient à l'esprit.

En colère contre moi-même à cause de la façon dont il m'a fait manger dans sa main, je fais un pas et claque la porte, en mettant ainsi fin à notre petit moment de... de je ne sais pas ce que c'était, d'ailleurs.

Ma peau picote alors que je me souviens de ce que j'ai ressenti en ayant ses doigts sur moi. De la façon dont j'ai immédiatement réagi à son contact, et à quel point il avait totalement raison. Je suis tellement mouillée à cause de lui que ce n'en est même pas drôle.

Je vais aux toilettes avant de fermer la porte de ma chambre, en espérant qu'en avoir deux entre nous aidera à enfouir les souvenirs de ce qui vient de se passer.

Malgré mon épuisement, je me tourne et

me retourne pendant des heures, incapable de me sortir de la tête les images de lui allongé dans le lit juste de l'autre côté de la salle de bain. Est-ce qu'il se touche en pensant à moi ? Ou tout cela n'était-il qu'une vaste blague ?

Au moment où je me réveille le lendemain matin, le soleil passe à travers mes rideaux trop fins et le bruit d'une balle rebondissant devant ma fenêtre me ramène à un an ou deux en arrière. Ça m'a presque manqué quand Levi est parti à l'université. Mais alors que je suis allongée ici à écouter les rebonds incessants, je me souviens à quel point c'était pénible.

Je jette mes couvertures, je me lève de mon lit et je me dirige vers la fenêtre. J'ouvre les rideaux et baisse les yeux vers l'allée, en m'attendant à trouver mon frère en train de travailler ses techniques déjà impressionnantes. Il n'a pas obtenu une bourse à Maddison pour rien. Mais je ne vois pas Levi en train de marquer panier sur panier. Au lieu de cela, c'est Emerson qui se déplace sur notre terrain de basket improvisé vêtu seulement d'un short et de ses baskets. Il dribble pendant quelques secondes avant de tirer. Il lève à peine la tête. Oh, ça donne l'impression que c'est super facile.

Captivée, en regardant son corps bouger si élégamment et le soleil briller sur sa peau moite de sueur, je m'assieds et me rassasie de son corps.

Je perds la notion du temps pendant que je le regarde, mais finalement, comme s'il savait que j'étais là, il lève les yeux et me regarde, un sourire narquois et arrogant jouant sur ses lèvres. Il lève la main pour retirer sa casquette et la remet en place après avoir lissé ses cheveux en arrière.

Je suis tentée d'ouvrir la fenêtre et de dire quelque chose, mais ne voulant pas avoir l'air d'être affectée par lui, je me lève et je m'éloigne. Cela me coûte de faire ça, surtout lorsque le son du ballon qui rebondit résonne dans la pièce.

Après être passée aux toilettes et avoir une fois de plus verrouillé sa porte de l'intérieur— non pas que cela l'arrêtera, mais j'espère que cela l'énervera un peu— j'enfile mon pantalon de yoga et je descends les escaliers pour aller prendre un café dont j'ai plus que besoin.

Je repère Maman et Papa assis sur la balancelle dans le jardin. D'après certaines de leurs conversations que j'ai entendues récemment, ils prévoient d'ajouter de nouveaux parterres de fleurs et de construire une terrasse sur le bord de la pelouse ou quelque chose du genre. Je regarde Papa pointer le jardin du doigt pendant que la machine à café est en route. Je suis reconnaissante qu'ils s'entendent si bien, même après toutes ces années passées ensemble. Je ne peux pas imaginer ce que ça doit être d'être coincé chez soi en ce moment avec des parents qui se disputent.

Je prends un croissant dans le sac posé sur le comptoir et l'apporte avec mon café dans ma chambre. J'ai peut-être pas mal de devoirs à faire, mais j'ai l'intention de passer la journée à travailler sur mon projet artistique. Je devrais probablement laisser ça pour la fin comme une sorte de récompense pour avoir bien travaillé, mais me perdre dans ma peinture, surtout après les événements d'hier soir, est trop tentant.

Je ne regarde pas par la fenêtre lorsque je passe devant, mais je remarque que le rebond continu du ballon a cessé. En posant ma tasse et mon assiette, je me dirige vers la salle de bain pour prendre une douche pendant que mon café refroidit.

Je suis occupée à enfiler mon débardeur alors que j'entre dans la salle de bain, donc je ne remarque pas que quelqu'un se tient au milieu de la pièce avec seulement une serviette enroulée autour de sa taille.

« Et moi qui pensais que tu allais me rendre la tâche difficile pour te voir. »

Ma bouche s'ouvre et se ferme, un peu comme un poisson hors de l'eau alors que je serre mon débardeur contre ma poitrine, en lui cachant mes seins alors que mes yeux bougent sans ma volonté et tombent sur son torse encore humide.

« Je... euh... »

« Le petit spectacle que tu regardais dehors ne t'a pas suffi alors, hein ? Tu voulais voir de plus près ? »

« Quoi ? Non, je ne savais pas que tu étais ici. »

« Vraiment ? Je ne me cachais pas, bébé. » Une chaleur se répand en moi lorsqu'il utilise à nouveau ce surnom.

« Vraiment. Ça ne m'intéresse pas. » Je fais un signe de la main vers son corps et il rit.

« Tu es une très mauvaise menteuse, tu le sais ça ? »

Je fulmine, mes lèvres pincées de frustration, la colère commençant à me réchauffer les entrailles et à se mêler au désir que j'essaie d'ignorer.

« Peux-tu sortir de ma salle de bain, s'il te plaît ? »

« Notre salle de bain, tu veux dire. »

« Non. Je veux dire la mienne. Je t'ai déjà dit qu'il y en a une très bien dans le couloir que tu peux utiliser. Il n'y a aucune raison que tu sois ici. »

« Je ne suis pas d'accord. J'ai une très bonne raison d'être ici. » Il fait un pas de plus et l'odeur de son gel douche remplit mon nez et me met l'eau à la bouche.

Il lève une main. Je m'attends presque à ce qu'il arrache mon débardeur, mais à ma grande surprise, à la place, il glisse doucement une mèche de mes cheveux derrière mon oreille. Ses doigts chatouillent ma peau et je suis incapable de faire autre chose que de frissonner à son contact.

« Je sais qu'aujourd'hui n'était pas la première fois que tu m'observais depuis ta fenêtre. J'ai senti ton regard à chaque fois. Je sais toujours quand tu me regardes. Tout comme je sais que tu sais quand je te regarde. Il y a toujours eu quelque chose entre nous, Lys. Tu ne peux pas me dire que tu ne l'as jamais ressenti. »

Mon menton tombe. « Mais tu ne peux pas me sentir. » Je déteste avoir l'air vulnérable. Je n'ai pas besoin de regarder son visage pour savoir que j'en ai trop dit avec cette seule déclaration.

Il rit et le son me frappe en plein dans la poitrine. « Je ne faisais que me mentir à moi-même, bébé. »

Je sursaute et il profite de ma réaction.

Ses lèvres effleurent si doucement les miennes que mes mains oublient presque de me couvrir avec mon envie de l'attraper et de l'attirer contre moi.

Ses doigts qui s'attardaient sur mon cou, glissent dans mes cheveux alors qu'il approfondit notre baiser. Un gémissement monte dans sa gorge et c'est ce qui conduit à ma perte.

Je relâche le tissu qu'agrippaient mes

mains, mais il ne tombe pas. Nos corps sont trop serrés l'un contre l'autre.

Je touche la peau humide de son dos alors que sa langue glisse entre mes lèvres.

Il me fait reculer, et je me heurte au mur. Il continue d'avancer jusqu'à ce que chaque centimètre de nous se touche. Sa bite dure se presse contre mon ventre et une vague de chaleur se précipite vers mon entrejambe en sachant que je l'excite.

Ses lèvres quittent les miennes et traînent le long de ma mâchoire et le long de mon cou. Il suce et mordille ma peau sensible et je gémis de plaisir.

« Emerson, c'est une blague ? »

Il s'immobilise un instant et je crains d'avoir visé juste. Il est là depuis à peine vingt-quatre heures, et il m'a déjà poussée à faire ça. Est-ce un pari ? Suis-je un défi ? Pensait-il que cela pourrait le divertir pendant quelques semaines pour voir s'il pouvait me séduire ? Eh bien, ça a échoué parce qu'apparemment je suis une fille facile quand il s'agit du garçon dont je rêve depuis aussi longtemps que je me souvienne.

Il recule et me regarde. Me regarde vraiment.

« Qu'est ce qui te fait penser ça ? »

« Tu ne t'es jamais approché de moi auparavant. Et puis tu passes un jour ici et... eh bien. » Je fais un geste entre nous pour lui montrer la position dans laquelle on se trouve et je ris.

« J'ai imaginé faire ça des millions de fois, Lys. Mais maintenant, il est temps. Je ne peux plus ignorer ce que je ressens. »

Mon front se plisse.

« Tu ne me crois pas ? »

« Pourquoi je te croirais ? Tu as fait tout ton possible pendant des années pour me faire savoir que tu ne pouvais pas me supporter. »

« Je devais le faire. »

« Pourquoi ? »

« Tu penses que Levi aurait été ravi ? »

« Cela ne semble pas te déranger en ce moment, alors que tu vis dans la même maison que lui. »

« Peut-être que j'ai décidé que cela en valait la peine. »

« Et s'il te vire ? Et s'il s'éloigne de toi ? »

« Alors ce sera sa décision. Je ne peux pas avoir d'influence sur ce qu'il ressent. La seule chose que je peux faire est d'agir en fonction de ce que je ressens, et en ce moment, j'en ai marre de faire semblant. Marre de le convaincre que je pense que tu es sa petite sœur agaçante, alors qu'en réalité je passe la plupart de mes nuits à souhaiter que tu sois à côté de moi. »

À court de mots, le silence se fait entre nous.

« Prouve-le. »

Ses doigts s'enroulent autour de mes poignets et il retire mes mains de lui pour les remettre sur le tissu qui couvre ma poitrine. Puis il fait un grand pas en arrière.

Sa bite en érection tend la serviette et mes doigts se contractent pour l'arracher de sa taille et le voir en entier. Je l'ai regardé pendant des années courir torse nu, mais je n'ai pas encore découvert ce qui se cachait en bas.

« Qu- qu'est-ce que tu fais ? »

« Je le prouve. Je m'en vais. Je te montre que tu comptes plus pour moi qu'un coup rapide pour passer le temps. »

« Mais— »

« Pas de 'mais'. Je pourrais te prendre de façon brutale et rapide contre ce mur, et tu le sais. Mais ce n'est pas ce que je veux. Je te veux toi, Lys. Pas seulement ton corps pour assouvir mon désir. Je. Te. Veux. Toi. » Avec ces derniers mots, il sort de la salle de bain et referme la porte derrière lui.

Putain de merde.

CHAPITRE SIX

Alyssa

Cela fait cinq jours qu'il m'a fait cette promesse dans la salle de bain et cinq longs jours que nous n'avons pas été seuls ensemble. Chaque matin, je me réveille au son du ballon qu'il fait rebondir dehors pendant que je reste enfermée dans ma chambre à essayer de faire ce que j'avais dit et de rattraper mon retard concernant mes devoirs, en plus de tous les autres que mes professeurs mettent en ligne.

Cela ne veut pas dire qu'il m'a laissée oublier ces deux moments que nous avons passés ensemble. Chaque fois qu'il passe devant moi, il en profite pour me toucher. Que ce soit en faisant glisser ses doigts sur le bas de mon dos ou en m'attrapant très brièvement les doigts, il me fait savoir qu'il n'a pas oublié sa promesse.

Quand nous avons passé une autre soirée ciné en famille hier soir, il a même réussi à tenir ma main derrière le coussin que je serrais dans mes bras. C'était très tendre et cela m'a fait penser que c'était peut-être le début de quelque chose. Mais quand j'ai dit que j'allais me coucher, il ne m'a pas rejointe, et c'est seulement des heures plus tard que je l'ai entendu entrer dans sa chambre.

Ça me rend folle de savoir qu'il est là tous les soirs, mais je ne suis pas encore assez désespérée pour entrer dans sa chambre au milieu de la nuit.

Un léger coup retentit à ma porte. En sortant mes écouteurs de mes oreilles, je dis à la personne d'entrer. Je veux que ce soit lui, mais je sais qu'il n'aurait pas frappé, il aurait juste fait irruption dans ma chambre.

« Hé, chérie. Tu as été ici toute la journée. Pourquoi ne pas venir prendre l'air avec moi ? J'ai fait des smoothies. », dit ma mère.

« Bien sûr. » Je pose mon ordinateur portable sur le lit et je me lève.

« Comment ça va ? »

« Plutôt bien. Je ne vais pas me planter, Maman. Si c'est ce qui t'inquiète. »

« Je sais que non. Tu es trop têtue pour laisser cela se produire. Tu me fais juste un peu stresser parfois. »

Je la suis dans le jardin et nous nous asseyons à la table où elle a disposé les smoothies en question et un énorme bol de fruits. Mais ce n'est pas le spectacle qui m'attire le plus. Au bout du jardin, Papa, Levi et, plus important encore, Emerson sont tous torse nu et creusent pour préparer le nouveau parterre de fleurs de Maman.

« La vue n'est pas mauvaise, hein ? » demande-t-elle en les regardant. Papa a peut-être quelques années de plus que Levi et Emerson, mais en tant que coach sportif, il est toujours en pleine forme.

« Berk, Maman. L'un d'entre eux est mon père et l'autre est mon frère. » Je grimace.

« Il y en a un troisième, tu sais? » Quelque

chose dans son ton me fait me retourner pour la regarder.

« Quoi ? »

« Ne pense pas que je ne sais pas qu'il se passe quelque chose entre vous. »

Mon menton tombe. « Maman, je ne sais pas de quoi— »

« Je l'ai vu te tenir la main hier soir. »

Mes joues rougissent et mes yeux se détournent sur le patio, trop gênée pour croiser son regard. « Oh. »

« Alors depuis combien de temps se passe-t-il quelque chose ? »

« Il ne se passe rien, » dis-je presque honnêtement. À ce moment-là, il regarde par-dessus son épaule et le sourire qui illumine son visage quand il me voit me fait fondre.

« Oh, bien sûr, il ne se passe rien. » Maman rit. « Ce n'est pas le regard d'un gars qui n'est pas intéressé, Lys. »

« Maman, » je couine, en détestant la tournure que prend cette conversation.

« Quoi ? Je dis ça comme ça. »

« Ouais, eh bien, non. »

« De quoi es-tu si inquiète ? »

Je la regarde. Est-ce qu'elle approuve vraiment cela ?

« Euh... de tout. De Levi pour commencer. Du fait que nous ayons été forcés d'être confinés ensemble. De Papa et toi. »

« Levi veut juste que vous soyez heureux tous les deux. S'il a un problème avec ça, alors il devra faire avec. Ton père et moi n'avons pas de problème tant que tu es discrète et raisonnable. » Elle me fait un clin d'œil et je veux que le sol m'engloutisse. « Notre maison n'est pas un bordel, tu sais. »

Je gémis. « Maman, sérieusement. »

« Je suis sérieuse. Je pense qu'il t'aime vraiment beaucoup. Nous sommes tous dans une situation merdique en ce moment, en particulier Emerson qui s'inquiète au sujet de sa mère. Je ne vois rien de négatif dans tout ça. De plus, qui sait où cela pourrait vous conduire. Un jour, il pourrait peut-être officiellement faire partie de la famille. »

Je laisse tomber ma tête dans mes mains. Nous n'avons échangé qu'un baiser et Maman est déjà en train de parler de mariage.

« C'est un garçon bien, Lys. Tu pourrais tomber sur bien pire, c'est tout ce que je dis. »

« Si tu avais entendu certaines histoires qu'on m'a racontées, alors tu aurais peut-être une opinion différente sur lui. »

« Il faut que jeunesse se passe. Ton père était l'un de ces gars quand il était jeune, donc je sais exactement de quoi je parle. »

Je prends mon smoothie, je m'assois et pose mes pieds sur le pied de la table tout en avalant une gorgée, mes yeux errant à nouveau sur Emerson. Le temps est magnifique. Le soleil se reflète sur sa peau trempée de sueur et ses muscles se tendent quand il fait des efforts pour manier la pelle dans le tas de boue qu'il déplace. Je mords ma lèvre inférieure, en me souvenant du goût qu'il avait quand sa langue dansait avec la mienne.

« Oh, tu as l'air tellement folle de lui, » plaisante Maman, à ma grande horreur.

« Quoi ? Non. Je ne suis pas... »

« Oh, arrête ton char. Donne-lui une chance. On ne sait jamais ce qu'il peut arriver. »

Des regrets et un cœur brisé ?

J'arrive à garder les mots pour moi, mais je ne peux m'empêcher de sentir leur poids peser sur moi. Il est à l'université et je ne suis qu'une lycéenne, sans parler du fait d'être la petite sœur de son meilleur ami. C'est la catastrophe assurée.

« Je vais travailler un peu. Profite bien de la vue, » dit-elle en me faisant un clin d'œil, et après avoir pris le reste de son smoothie, elle disparaît à l'intérieur.

Je sors mon téléphone de ma poche, je l'allume et je fais un zoom avant sur Emerson. Je prends une photo et l'envoie immédiatement sur le groupe de discussion que je partage avec mes copines.

Jalouses ?

Je leur ai dit qu'il restait ici pour un temps lorsque nous avons eu une conversation vidéo l'autre soir, mais je n'ai rien dit de ce qui s'est passé.

Je reçois une série de gifs avec des yeux exorbités et des bouches qui salivent avant que Lisa ne me demande de lui envoyer une photo de mon frère.

En secouant la tête et en souriant, je bois une gorgée de mon verre lorsqu'une ombre tombe sur moi.

« Il y a quelque chose de drôle ? »

« Oui, je viens d'envoyer une photo de toi à mes amies. »

« Et c'est drôle, pourquoi ? »

« Parce que tout ce qu'elles veulent vraiment, c'est une photo de Levi. » Un sourire narquois se dessine sur mes lèvres lorsque son front se plisse.

« Très bien. »

Mes yeux s'écarquillent sous le choc, j'ai cru que ça allait en mettre un coup à son immense ego.

« Cela signifie que je suis tout à toi. »

« Euh... »

« Tu es occupée après le dîner ? », demande-t-il, ses yeux bleus pétillants d'excitation.

« Oh... laisse-moi réfléchir. Je m'apprêtais à passer un peu de temps dans le salon, puis peut-être à faire un voyage dans le jardin, avant de visiter ma chambre. »

« Petite maligne. Tu es tout à moi après le dîner, alors annule tous tes plans de malade. » Chaque muscle autour de mon entrejambe se contracte de désir.

« O-OK. »

Il part aussi vite qu'il est arrivé et quand je lève les yeux, je constate que Papa et Levi ont également disparu.

Je reste assise au soleil encore un peu de temps pour envoyer des messages aux filles et quand j'entends Maman commencer à préparer le dîner, je rentre pour l'aider.

« Qu'est-ce qu'il y a au menu ce soir ? »

« Des enchiladas. » Mon estomac gargouille à cette seule pensée.

« Génial, mets-moi au travail, alors. »

Maman me fait hacher des légumes et râper du fromage. C'est presque suffisant pour me distraire des voix de Levi et Emerson qui filtrent du salon où ils traînent, mais je ne peux m'empêcher d'essayer d'écouter leur conversation.

« Je pense que c'est bon, Lys, » dit Maman en riant. Quand je regarde mes mains, je remarque que j'ai haché l'oignon si finement qu'il ressemble presque à de la pâte.

« Tu as dit très fin, » je marmonne avec un haussement d'épaules.

« C'est parfait. Tiens, envie de préparer des margaritas pour aller avec ? »

« Oui, » dis-je un peu surexcitée.

« Pas trop fortes, cela dit. »

Je trouve une recette sur mon portable et suis les instructions.

« Je vais mettre ça sur la table et regarder rapidement mes e-mails. Il ne reste que dix minutes de cuisson pour les enchiladas. Pourras-tu les sortir pour moi ? »

« Bien sûr. »

Maman disparaît, en me laissant dans la cuisine vide. Je me penche, pose mes coudes sur le comptoir, et regarde mon portable. Je parcours Instagram, je regarde diverses photos de mes camarades de classe dans leur jardin, en train de profiter du confinement au soleil tout en bronzant ou en barbotant dans leurs piscines. Vivre en Floride a clairement ses avantages. Je pense aux gens qui sont coincés à l'intérieur à cause du temps froid et humide à l'extérieur. Cela doit rendre tout cela beaucoup plus difficile à gérer.

Nous avons de la chance. En dehors du fait que l'école ait fermée et d'être coincée à la maison, pas grand-chose n'a changé pour moi. Maman peut toujours travailler, Papa fait des séances d'entraînement virtuelles avec ses clients, et à part la mère et le père d'Emerson, sur qui nous veillons, nous n'avons à nous occuper d'aucun parent. Nous avons perdu tous nos grands-parents au cours des dix dernières années, et les frères et sœurs de Maman et Papa habitent dans des États différents.

Quelque chose qui me chatouille à l'arrière de ma cuisse me fait sursauter et quand je me retourne, je trouve Emerson qui me fixe avec un grand sourire sur le visage.

« Eh bien, c'est un spectacle qui vaut le coup d'œil. Tu as un beau cul, bébé. »

Mes joues rougissent alors que je me mets sur la pointe des pieds pour regarder par-dessus son épaule pour m'assurer que personne ne regarde.

« Il est en haut. Nous sommes seuls, toi et moi. »

Je mords ma lèvre inférieure, mais Emerson lève son pouce et la libère de mes dents.

« C'est à moi, » murmure-t-il en frottant ses lèvres contre les miennes.

« Nous ne pouvons pas. N'importe qui pourrait... » Je n'ai pas l'occasion d'en dire plus car il me presse contre le comptoir et me vole un doux baiser.

Il s'éloigne juste à temps juste avant que Maman n'entre dans la pièce.

« Tout va bien ici ? » Elle nous regarde tour à tour avec amusement.

« Euh... o-ouais. J'allais juste— »

« C'est bon. J'ai compris. Vous deux, sortez de là et allez vous asseoir. »

Emerson prend ma main en entremêlant nos doigts et me tire hors de la pièce.

« Merci, Maman », je lance, même si je ne sais pas si je la remercie pour le dîner ou pour avoir été si cool à ce sujet.

Le dîner est plus qu'une torture. Emerson fait en sorte d'être assis juste à côté de moi, et si près de moi que sa cuisse est contre la mienne pendant tout le repas. Chaque fois qu'il n'est pas en train de manger, ses doigts chatouillent et taquinent la peau qui n'est pas recouverte par ma jupe en jean. Plusieurs fois, il est remonté si haut que j'ai pensé qu'il allait aller jusqu'au bout devant toute ma famille, mais comme à chaque fois mon souffle se coupait, il retirait immédiatement ses doigts.

Je refusais de le regarder mais cela ne voulait pas dire que je ne pouvais pas sentir son amusement. Il discutait avec mes parents et mon frère comme si tout était normal, mais je suis sûre qu'ils auraient vu les choses d'un autre œil s'ils avaient su ce qui se passait à quelques centimètres d'eux.

« Rejoins-moi à la porte du jardin dans trente minutes. »

« Nous ne pouvons pas. Nous n'avons pas le droit de sortir. »

« Nous ne sortons pas. Fais-moi confiance. »

Je me précipite dans ma chambre et passe les trente minutes à me recoiffer et à me remaquiller tout en réfléchissant à ce que je vais porter.

Au final, je garde ma jupe et mon débardeur, mais je remplace les sous-vêtements par d'autres un peu plus sexy. Je ne sais pas s'il a l'intention de les voir, mais je veux être prête au cas où.

J'enfile mes baskets, je mets mon portable dans ma poche et prends une grande inspiration. Des papillons virevoltent dans mon ventre car je ne sais pas ce qu'il a prévu, mais je lui fais entièrement confiance.

Je ne vois personne en sortant de la maison et mon cœur se serre quand j'arrive à la porte arrière et constate qu'il n'est pas là.

Je suis sur le point de rentrer en courant à

l'intérieur et de me cacher dans ma chambre pour faire comme si je n'étais pas venue quand j'entends des pas de l'autre côté.

Soudain, la porte s'ouvre et Emerson se tient debout dans l'embrasure. Il est habillé exactement comme tout à l'heure avec un survêtement gris et son maillot de basket de Maddison.

« Hé, » dis-je timidement.

Il tend la main et me tire à l'extérieur avant de fermer la porte comme si nous n'avions jamais été là.

Ma poitrine se presse contre la sienne et son bras passe autour de ma taille. Il me serre encore plus fort contre lui. Sa chaleur s'infiltre en moi et la nervosité et l'excitation qui faisaient rage dans mon corps ces derniers jours reviennent immédiatement.

« Es-tu prête pour ta soirée ? »

Je le regarde en scrutant ce même visage magnifique que j'ai observé toute ma vie, mais en ayant l'impression de le voir pour la première fois. Sa nervosité est évidente—je ne l'ai jamais vu comme ça auparavant—et je me demande si le Emerson que je connaissais ne jouait pas la comédie.

« Je suis prête, » je finis par murmurer, en me rappelant qu'il m'a posé une question.

Il me prend la main et m'entraîne dans les arbres derrière notre maison. Enfants, nous avons passé des heures ici, à faire des cabanes et à jouer à cache-cache. C'était notre endroit.

Je souris alors que nous nous frayons un chemin dans les arbres, les brindilles claquant sous nos pieds et les feuilles sèches bruissant sous eux.

« Où allons-nous ? » Je connais ce bois comme ma poche mais comme il nous dirige vers un endroit inconnu, il semble que je ne sois pas la seule à le connaître aussi bien, car il a clairement une destination en tête.

De la lumière filtre à travers les arbres plus loin et je plisse les yeux pour voir ce que cela pourrait être. Mais alors que nous nous rapprochons et que je découvre ce qu'il a fait, je réalise que je n'aurais pas pu imaginer cela un seul instant.

Je ne sais pas comment, il a attaché un drap entre quelques arbres pour que ça ressemble à une tente. Il y a des guirlandes lumineuses partout et le sol est jonché de centaines de bougies.

« Emerson, » dis-je dans un souffle, incapable de quitter des yeux le petit coin de paradis qu'il a créé dans le bois. « Tu as fait tout ça ? »

« Oui et non. On m'a un peu aidé, » admet-il.

Je suis sur le point de demander qui, quand ça me vient à l'esprit. « Ma mère. »

« Elle m'a fourni tous les accessoires. J'ai juste fait le travail manuel. »

« C'est incroyable. »

« On entre ? », me demande-t-il en me tendant la main et en nous dirigeant vers notre tente de fortune.

Je le laisse me tirer à l'intérieur avant de me mettre à genoux et de ramper pour m'allonger à côté de lui.

« J-je ne peux pas y croire. »

« Sais-tu combien de fois j'ai imaginé filer en douce ici avec toi et te faire plein de trucs inavouables ? »

« Non, vraiment pas. »

« Hmmm, » dit-il en se penchant vers moi et en frottant son nez contre le mien. « Peut-être que je devrais te le montrer alors. »

Il se rapproche encore jusqu'à ce que je

tombe sur le dos sur les couvertures qu'il a disposées là. Ses mains attrapent ma joue avant qu'il ne pose ses lèvres sur les miennes.

Le baiser est lent, doux, tendre, mais aussi beau soit-il, j'ai envie de plus. J'ai envie de l'homme qui m'a coincée dans la salle de bain l'autre soir. J'ai autant envie du bad boy que du gentil garçon qui nous a fabriqué cette petite tanière.

Je tends la main pour trouver l'ourlet de son maillot et remonte le tissu pour pouvoir passer ma main sur son dos nu. Sa peau a la chair de poule et je ne peux m'empêcher de sourire alors que notre baiser continue.

Je griffe légèrement son dos avec mes ongles et il grogne, en m'encourageant à aller plus loin.

« Retire-le, » je marmonne contre ses lèvres.

Je le regrette à la seconde où il retire ses lèvres des miennes, mais ce n'est que pour un bref instant, le temps que le tissu passe entre nous, et il revient sur mes lèvres. Sa langue glisse dans ma bouche et sa main remonte de ma taille pour atterrir sur ma poitrine. Mon dos se cambre, à la recherche d'encore plus de caresses.

Il se déplace au-dessus de moi, et il pose un genou entre mes cuisses, mais il n'est pas assez près de moi pour que je me frotte contre lui comme je le voudrais.

« Emerson, » je gémis lorsqu'il retire ses lèvres des miennes au profit de mon cou.

« Oui, bébé ? »

« J'ai envie de... » Mes mots s'éteignent, en ne sachant pas vraiment de quoi j'ai envie.

« Dis-moi. Je m'exécuterai. »

« De plus. J'ai envie de plus. »

« Avec plaisir, » dit-il avec un petit rire.

Ses doigts glissent sous mon débardeur, le tissu remonte sur mon ventre jusqu'à ce qu'il soit au-dessus de mon soutien-gorge. Mes seins sont lourds et gonflés et débordent presque de mon soutien-gorge et je le supplie presque de l'enlever.

Il me regarde. Ses yeux généralement bleu clair sont sombres de désir. « Si tu veux que j'arrête, tu me le dis. »

Je hoche la tête, incapable de dire quoi que ce soit. Je suis trop perdue dans son regard sombre.

« Lève les bras. »

Je fais ce qu'on me dit et en quelques

instants mon débardeur est sur le sol et ses lèvres effleurent le renflement de mes seins.

« Tu es tellement douce, » murmure-t-il, en embrassant le long de la bordure en dentelle de chaque bonnet.

Mes doigts se faufilent dans ses cheveux, en le tenant en place alors que ses lèvres me rendent folle.

Ses yeux trouvent les miens. Ses paupières sont lourdes avec le désir et je sens comme de l'électricité dans tout mon corps, en sachant que je l'excite. Ses doigts taquinent l'agrafe de mon soutien-gorge et il dit : « OK ? », avant que je ne me lève assez pour lui laisser le dégrafer.

J'ai envie de soupirer de soulagement lorsqu'il me le retire, mais l'expression d'adoration pure sur le visage d'Emerson alors qu'il me regarde de là où il est assis me fait tout oublier sauf l'instant présent.

« Tu es si belle, » murmure-t-il, l'émotion dans sa voix me frappant en plein cœur.

Je n'ai pas l'occasion de répondre car à peine a-t-il prononcé ces mots, qu'il se penche à nouveau en avant. Il fait tourner sa langue autour d'un de mes tétons et mon dos se cambre de plaisir sur la couverture.

« Oh putain, » je gémis alors qu'il va plus loin en le suçant dans sa bouche chaude.

Il se déplace de l'autre côté pour infliger à l'autre le même traitement jusqu'à ce que je gémisse et me torde sous lui.

« Emerson, » je grogne en tirant sur ses cheveux avec une force incroyable lorsqu'il recule.

« Quelqu'un t'a-t-il déjà fait ça avant ? »

Mes joues rougissent mais je doute qu'il puisse le voir car je suis déjà rouge de la tête aux pieds. En secouant la tête, un immense sourire se dessine sur ses lèvres.

« Est-ce que je vais être le premier ? »

Je le regarde assis à califourchon sur mes cuisses, avec sa poitrine se soulevant, son incroyable torse nu exposé et l'énorme renflement sous son pantalon plus qu'apparent.

C'est moi qui lui fais cet effet. Moi. La petite sœur agaçante que j'ai toujours pensé qu'il détestait.

« O-oui, » j'admets.

« Je ne mérite pas ça, putain. »

« Qui a dit ça ? »

« Beaucoup de gens, que, j'espère, tu ne rencontreras jamais, » dit-il en riant. « Maintenant, où en étions-nous ? » Il descend lentement le long de mon corps, en déposant de doux baisers sur mon ventre jusqu'à ce qu'il atteigne la ceinture de ma jupe. Je m'attends à ce qu'il la déboutonne et me la retire, mais quand je soulève mes hanches, il la relève simplement vers le haut.

« Putain, » gémit-il en regardant ma culotte en dentelle blanche. « Est-ce que tu pourrais être plus parfaite ? »

« Je ne sais pas. J'imagine que tu le découvriras bien assez tôt. » Mes propres mots me choquent. Je pensais que je serais nerveuse dans cette situation, mais en étant ici avec Emerson, je me sens totalement détendue face à ce qui est sur le point de se passer. Il n'y a que de l'excitation, avec peut-être un soupçon d'appréhension. Mais je ne suis pas du tout effrayée ou inquiète de ce qui va arriver. Je sais déjà qu'il va me traiter correctement.

Ses doigts effleurent l'extérieur de mes cuisses avant de s'enrouler autour des côtés fins de ma culotte et de tirer.

La nervosité m'envahit, mais au moment où il écarte mes genoux, regarde mon entrejambe et se lèche les lèvres, j'oublie mon manque d'expérience et me concentre uniquement sur le cours pratique que je suis sur le point d'avoir.

« Jésus, j'ai tellement envie de te goûter. » Sa voix est rauque et grave et elle provoque des choses en moi dont je ne savais pas qu'elles étaient possibles.

« Fais-le. »

J'ai à peine prononcé ces mots qu'il est déjà à plat ventre, en glissant ses mains sous mes fesses et en taquinant ma chair avec le bout de sa langue.

« Emerson. Putain. Merde. »

« Oh, bébé. Ce n'est rien encore. » Sa voix vibre, en faisant palpiter ma chatte de désir.

« Oh putain, » je couine alors qu'il fait passer sa langue contre mon clitoris. Il me taquine, tourne, mordille et suce, et ça me rend folle. Mes hanches se soulèvent dans mon envie de plus, mais il ne s'arrête pas. Jamais.

Quand j'ai l'impression que mon corps est sur le point de se briser en mille morceaux, il ralentit son rythme, descend un peu plus bas et pousse doucement sa langue à l'intérieur.

« Oh. Oh. Oh, » je scande alors qu'il me contourne lentement avec sa langue avant de retourner sur mon clitoris. À peine un instant plus tard, sa main quitte mes fesses et ses doigts s'enfoncent à l'intérieur de moi. Cette sensation est incroyable. Ma chatte convulse comme si elle voulait l'aspirer plus profondément.

« Oh, c'est si torride, bébé. J'ai hâte que tu serres ma bite comme ça. »

L'image de lui en train de bouger en moi est la dernière chose dont j'avais besoin pour être poussée à bout.

« Emerson, » je crie tandis que des lumières clignotent derrière mes yeux et que mon corps se tend alors que je me débats pour ne pas être complètement consumée par le plaisir.

Quand je reprends mes esprits, je le vois assis entre mes jambes avec un énorme sourire sur le visage.

« Tu es fier de toi ? »

« Tu n'en as pas idée, putain, bébé. »

Il se penche sur moi, glisse sa main sous ma nuque et pose ses lèvres sur les miennes. Sa langue glisse dans ma bouche, et mon goût sur sa langue se mélange au sien et envoie des répliques de plaisir à travers mon corps.

« Tu vois à quel point tu as un goût sucré ? »

Tout ce que je peux faire, c'est

sourire. C'est comme si ce sourire était rivé sur mon visage pour toujours. Ce sera certainement le cas s'il a l'intention de me faire ça souvent.

« Tiens, » dit-il en me passant mes vêtements abandonnés. « Nous devrions rentrer. »

« Euh... quoi ? »

« Nous ne voulons pas que Levi vienne nous chercher. » Je jette un œil vers mon corps presque nu et je réalise qu'il a probablement raison.

« Mais... » Mes yeux tombent sur son pantalon de jogging tendu par son érection.

« Nous avons tout le temps du monde pour ça, bébé. Il s'agissait de toi ce soir. »

Mon cœur se serre. « As-tu toujours été ce mec si gentil ? »

« Je cache bien mon jeu. »

« Je ne te le fais pas dire. Je pensais que tu étais un con. »

« Je pensais que tu avais un faible pour moi, » plaisante-t-il.

« Tu ne sais pas ce qu'on dit à propos des bad boys ? », je demande, en agitant les sourcils.

« Si, qu'ils donnent les meilleurs orgasmes. »

J'éclate de rire. « Mon Dieu, j'avais raison sur une chose. »

Son sourcil se lève.

« Ton ego n'a pas de limites. »

« Bébé, quand tu couines comme ça, comment pourrait-il en être autrement ? »

Je soupire.

« Ne boude pas, ça ne te va pas. »

« Je me sens mal. »

« Pourquoi ? »

« Parce que je n'ai pas pu te rendre la pareille. »

« Tu vois, c'est pour ça que je t'aime. Je— » Ses yeux s'écarquillent lorsqu'il réalise ce qu'il vient de dire. « Je veux dire... euh... »

En m'asseyant, je passe mes mains autour de sa nuque et approche ses lèvres des miennes. Cette soirée a été si parfaite. La dernière chose dont j'ai envie, c'est qu'il gâche tout en regrettant ce qu'il vient de dire.

CHAPITRE SEPT

Emerson

Putain de merde, est-ce que je viens vraiment de dire ça ?

J'accepte son baiser quand elle presse ses lèvres contre les miennes mais à l'intérieur je flippe. Est-ce que je viens vraiment de lui dire que je l'aimais ? Vraiment ?

Merde.

« Merci pour cette soirée. C'était plus que parfait. »

« Je suis content que tu l'aies appréciée. »

« Pouvons-nous continuer comme ça et peut-être revenir ici bientôt ? »

« Bien sûr. »

Je l'aide à remettre ses vêtements, puis main dans la main, nous rentrons à la maison. Leah a peut-être une idée d'où nous avions disparu, mais Gary et Levi pas la moindre et je ne veux vraiment pas que l'un d'eux ne soupçonne quelque chose. Pas pour l'instant, du moins.

Je sais que dans un avenir proche, je vais devoir avouer mes sentiments pour Alyssa, mais je vais repousser ce moment encore un petit peu pour profiter de notre petit secret.

Je l'attire vers moi une fois que nous sommes à la porte et lui donne un doux baiser en espérant la revoir cette nuit. Ce que j'ai vraiment envie de faire, c'est de la suivre dans sa chambre et de monter avec elle, mais j'ai peur d'aller trop vite. Elle a déjà avoué ce soir qu'il s'agissait de sa première expérience, je dois donc lui laisser prendre les devants—même si ça me tue de le faire.

Ma bite bande toujours comme pas possible lorsque nous finissons par nous séparer.

« Vas-y, j'ai besoin de quelques minutes. »

Elle jette un coup d'œil à mon petit problème, enfin pas si petit, et sourit. Même si j'ai envie qu'elle se mette à genoux devant moi et termine ce qu'on a commencé, le petit sourire innocent qu'elle me fait en poussant la porte est presque aussi bon.

Putain, depuis quand je me fais dominer par les gonzesses ?

Je repense au passé et je me souviens du moment où je suis entré dans le jardin des Perkins quand j'avais quinze ans et Alyssa quatorze. Elle prenait un bain de soleil dans un tout petit maillot de bain. Je suis presque sûr que c'est à ce moment-là que je n'ai plus eu qu'elle dans ma tête. J'ai essayé comme un diable de la sortir de mon esprit, mais c'était inutile. C'est la seule fille qui ait jamais vraiment possédé mon cœur, même si elle n'en avait aucune idée.

Après être retourné dans notre petite cachette et avoir éteint toutes les lumières, c'est suffisamment sûr pour que je puisse traverser la maison sans ressembler à un obsédé sexuel en manque de cul.

« Hé, mec. Où étais-tu ? » Levi demande quand je passe la tête dans sa chambre et que je le trouve en train de jouer sur sa Xbox.

« Je discutais avec mes parents, » je mens. La culpabilité m'assaille instantanément. Ils sont seulement à côté, mais je n'ai parlé avec eux que deux ou trois fois depuis que je suis ici. Je suis allé avec Leah au magasin l'autre jour pour faire leurs courses. Ce qui m'a donné le sentiment de les soutenir un peu.

« Ils vont bien ? »

« Ouais, c'est ce qu'ils disent. » Heureusement, ce n'est pas un mensonge. Maman et Papa m'ont tous les deux assuré qu'ils allaient bien et n'étaient pas encore devenus fous en étant enfermés dans leur maison comme des prisonniers.

« On joue ? », il me demande en faisant un signe de tête vers le jeu basket.

« Bien sûr. »

Il lance le jeu et nous commençons à jouer. Comme toujours, il prend la tête, mais après toutes ces années, je peux lire en lui comme dans un livre ouvert et comprendre sa stratégie de jeu. Nous jouons ensemble, à la fois virtuellement et sur le terrain, depuis que nous sommes en âge de savoir faire rebondir un ballon. Je sais comment fonctionne son esprit.

« Putain, le terrain me manque. »

« Pas autant que le cul, » marmonne-t-il en s'avançant pour tirer.

« Ça aussi, » j'acquiesce, mais je ne peux m'empêcher de laisser un peu d'espoir monter en moi à l'idée que ça ne va peut-être pas me manquer trop longtemps. Si la déception d'Alyssa de ne pas m'avoir rendu la pareille tout à l'heure veut dire quelque chose, alors l'action ne devrait pas tarder à arriver.

« Connard. Comment as-tu fait ça ? » Levi se plaint quand je gagne encore un match.

« Grâce à mon cerveau. Je sais comment tu fonctionnes, Perkins. »

« Va te faire foutre, Locke. Fous le camp de ma chambre. »

« J'y vais, j'y vais. » Je lève les mains en signe de reddition et me dirige vers la porte. Je grimace, mais en réalité, je suis plus qu'heureux d'être renvoyé dans ma chambre. Cela me rapproche d'elle, même si elle dort de l'autre côté de notre salle de bain commune.

Je me déshabille, je retire les couvertures et me glisse à l'intérieur de mon lit.

Je reste allongé en silence, en essayant désespérément de savoir si elle est réveillée et si elle se déplace dans la pièce voisine, mais tout ce que je peux entendre c'est ma propre respiration.

Alors que j'attends que le sommeil m'emporte, je rejoue dans ma tête ce moment que nous avons passé ensemble dans le bois. Je revois l'image de son corps en dessous de moi. Je me rappelle à quel point ses tétons durcissaient sous mon toucher. Combien elle était sucrée sur ma langue.

Putain, je ne l'ai goûtée qu'une seule fois et je suis déjà accro.

Je n'ai aucune idée du temps que j'ai passé comme ça avec ma bite dure comme de la pierre en pensant à elle, mais finalement un déclic remplit le silence de la pièce et un rai de lumière illumine ma chambre.

En m'appuyant sur mon coude, je dois y regarder à deux fois pour être sûr de ce que je vois devant moi.

Alyssa se tient debout avec la lumière de sa chambre qui l'éclaire. Elle brille en formant un halo autour d'elle, en la faisant ressembler à un putain d'ange. Elle porte une chemise de nuit blanche si transparente que c'est comme si elle ne portait rien.

« Lys. Putain. »

« Je me sentais seule. » Elle se mord la lèvre inférieure comme si elle n'était pas sûre d'elle et ça fait palpiter ma bite. J'ai tellement envie de la sentir autour de moi, putain.

Elle fait un pas dans ma chambre. Ses hanches se balancent, ses seins rebondissent et j'en ai l'eau à la bouche.

« Alors j'ai pensé que peut-être... tu pourrais me tenir compagnie ? »

Je m'assieds, les couvertures se rassemblant autour de ma taille en faisant en sorte que ses yeux tombent sur mon torse. Je sais depuis des années ce qu'elle pense de mon corps. Je me suis toujours arrangé pour être torse nu autant que possible juste pour voir l'effet que je produisais sur elle. J'avais envie de savoir qu'elle s'intéressait toujours à moi, tout en étant terrifié à l'idée qu'un jour elle ne me regarde plus.

Elle sourit timidement quand elle s'arrête à côté de mon lit. Mes yeux tombent sur ses pieds nus et remontent lentement le long de ses belles jambes, en passant par ses hanches, sa taille fine et puis sur ses seins ronds et leurs tétons roses. Avec ses cheveux ramassés en désordre sur le dessus de sa tête, son cou lisse est mis en évidence.

Elle est à couper le souffle.

« Viens ici, » je murmure en lui tendant la main.

Elle ne bouge pas tout de suite, et je commence à me demander si elle regrette d'être venue. Mais ensuite, ses mains se déplacent vers le bas de sa chemise de nuit évasée en tissu transparent et elle la retire de son corps incroyable, et en prenant ma main, elle monte sur mes genoux.

Ses jambes s'enroulent autour de ma taille, ma bite s'alignant parfaitement avec la chaleur de son entrejambe.

« Hé, » dit-elle, ses bras glissant sur mes épaules et ses doigts plongeant dans mes cheveux.

« Hé, toi. C'est une chouette surprise. »

« Chouette ? Déjeuner avec ta grand-mère, c'est chouette, Locke », dit-elle.

« Non, ça n'a rien à voir avec ça. C'est putain d'incroyable. » Je frotte mes lèvres contre les siennes, mais je recule quand elle tente d'approfondir le baiser.

« Ah bon ? » Je déteste qu'elle se remette en question là tout de suite.

Je fais courir mes mains de ses fesses jusqu'à son dos nu, en me délectant de la sensation de ses muscles qui se contractent à mon passage.

« Ouais. Maintenant, dis-moi ce que tu veux. »

« T-toi. »

« Qu'est-ce que tu veux de moi ? Mes lèvres ? », je demande en les passant sur sa clavicule.

« Oui. »

« Mes mains ? » Je les fais glisser devant elle et prends ses seins dans mes paumes.

« Oui, » soupire-t-elle.

« Ma bite ? », je lui demande malicieusement à l'oreille, en me pressant contre sa chatte.

« Oui. Tout, Emerson. Donne-moi tout. »

Elle couine alors que je la retourne sur le dos. J'en profite pour plonger ma langue dans sa bouche et encourager la sienne à se joindre à la mienne tandis que mes mains parcourent son corps.

Je lui pince les tétons et lui attrape les seins, en la faisant miauler et en faisant se cambrer son dos sur le lit, avant que mes doigts ne descendent le long de son ventre à la recherche de ma récompense ultime. J'y mets mes doigts et la trouve humide et prête pour moi.

« Alyssa, » je gémis dans son oreille, en glissant deux doigts en elle pour commencer à la préparer pour ce qui va arriver. « Tu es sûre que tu veux que ce soit moi ? »

« Tellement sûre. Je n'ai jamais voulu que ce soit quelqu'un d'autre, » dit-elle avec honnêteté, avant qu'elle ne halète lorsque mes doigts trouvent son point G.

« C'est bon ? »

« Mmm, » gémit-elle alors que je continue. « Tellement bon. »

J'appuie mon pouce sur son clitoris tout en continuant à taquiner son point le plus sensible, en crevant d'envie de la sentir à nouveau serrer mes doigts alors qu'elle s'approche de son orgasme.

« Oh mon Dieu, Emerson, » gémit-elle bruyamment. Trop fort étant donné le fait que nous sommes dans la maison de ses parents qui sont, avec son frère, juste au bout du couloir.

Je pose mes lèvres sur les siennes, en étouffant ses gémissements et ses cris de plaisir quand elle finit par jouir.

« Tu es toujours sûre ? », je demande une fois qu'elle a repris ses esprits. J'en veux plus, mais je suis conscient de la forcer un peu. Je ne veux pas qu'elle pense que c'est tout ce qui m'intéresse dans ce que j'espère être notre relation naissante.

Elle s'assied et, avec assurance, elle passe sa main dans mon boxer et enroule ses doigts délicats autour de ma queue. Elle se contracte violemment à son contact et un gémissement monte dans ma gorge.

« Putain, Lys. »

Un sourire accompli s'étire sur un côté de sa bouche.

Avec sa main toujours en train de me tenir fermement, j'attrape mon boxer et le fais descendre le long de mes cuisses pour me libérer complètement. Ses yeux tombent sur ma bite exposée. Elle la regarde pendant quelques longues secondes, et s'il n'y avait pas cet air émerveillé sur son visage, je serais peut-être inquiet.

« Je suppose que j'avais tort, hein ? »

« À propos de quoi ? »

« De supposer que tu avais une petite bite. »

« La taille de mon ego est pleinement légitime, bébé. »

« Euh, s'il te plaît. » Elle lève les yeux au ciel et rit. « Alors, tu vas me montrer comment tu t'en sers ? »

« Carrément. » En me relevant du lit et en perdant à regret son contact, je fouille dans ma valise à la recherche d'un préservatif et retire ce qu'il me restait de vêtements.

Quand je me retourne, Alyssa est allongée sur mon oreiller. Ses cheveux noirs sont éparpillés sur les draps fleuris aux tons clairs, sa poitrine se soulève et sa chair est toujours humide depuis son orgasme.

Ma bite tremble avec toute mon excitation d'être en elle, mais l'intensité dans ses yeux me force à rester là où je me trouve pour la laisser se rassasier.

« Cette vue te plaît ? »

« Reviens ici. »

Elle ouvre ses jambes pour me laisser m'installer entre elles et je me dépêche d'ouvrir le petit sachet argenté et de faire rouler le caoutchouc le long de ma bite dure.

« Tu peux me dire d'arrêter à tout moment. »

« Je ne le ferai pas, mais merci. »

J'embrasse son corps, mes doigts entrent en elle, en m'assurant qu'elle soit aussi prête que possible pour le moment où je m'enfoncerai en elle.

Finalement, je reviens à sa bouche. Je l'embrasse profondément et je retire mes doigts de son corps et taquine sa chatte avec mon gland. Elle se crispe au début, mais finit rapidement par se détendre.

Je trouve son entrée, et j'enfonce lentement mon gland à l'intérieur. Ses jambes se raidissent jusqu'à ce que je trouve son clitoris et commence à l'encercler avec le bout de mon doigt, en l'aidant à se détendre et en me permettant de m'enfoncer plus loin.

« Je suis tellement désolé, » je murmure contre ses lèvres, en sachant que ce qui va suivre va faire mal.

« Vas-y. Je suis prête. »

J'espère foutrement qu'elle a raison, mais je crains qu'elle ne me mente.

En poussant mes hanches vers l'avant, je serre les dents alors que sa chair serrée et humide m'entoure. Putain, j'ai tellement envie de bouger, mais je me force à rester immobile jusqu'à ce que je sache qu'elle va bien.

Ses gémissements ressemblent à des cris dans mes oreilles et je déteste lui avoir fait mal.

Je l'embrasse tendrement tout en continuant à caresser son clitoris dans l'espoir de lui donner du plaisir qui aidera à atténuer la douleur.

« C'est bon. Je vais bien », murmure-t-elle contre mes lèvres.

Je fléchis mes hanches et m'enfonce un peu pour voir si elle dit la vérité et la sensation me fait un effet incroyable. Elle est tellement serrée.

« C'est si bon d'être en toi, Lys. »

Un petit sourire apparaît sur ses lèvres. « Montre-moi. »

Je fais ce qu'on me dit et me retire lentement avant de m'enfoncer à nouveau. « Merde. Je ne vais peut-être pas tenir très longtemps. »

« Nous avons tout le temps du monde pour recommencer, » dit-elle en me volant ma réplique de tout à l'heure.

« Carrément d'accord. »

Ce n'est que quelques lents va-et-vient plus tard que je sais que mes mots précédents étaient vrais. Mon orgasme commence à picoter à la base de mon dos bien trop tôt.

« Emerson, » gémit Alyssa alors que je me penche sur elle et que je pose mes lèvres sur les siennes, en voulant que nous restions connectés de toutes les manières possibles lorsque ma jouissance explosera.

Mon grognement de plaisir monte dans ma gorge alors que ma bite se contracte et je libère tout ce que j'ai en elle.

« Oh mon Dieu, » marmonne-t-elle, mon orgasme la rapprochant du sien.

La prochaine fois que je la prendrai, je la ferai jouir avec ma bite. Mais ce soir, alors qu'elle a encore mal depuis cette première fois, je vais me contenter de la faire hurler à nouveau de plaisir avec ma langue. Et c'est exactement ce que je fais à la seconde où je retire le préservatif.

Quand nous finissons par nous endormir, c'est avec elle enveloppée dans mes bras et étroitement blottie contre moi. Exactement où se trouve sa place.

CHAPITRE HUIT

Alyssa

Tout ce qui s'est passé depuis le moment où j'ai ouvert la porte de sa chambre et y suis entré a été tout simplement incroyable.

Le lendemain matin, nous nous sommes mis d'accord pour garder secret ce qu'il se passait entre nous, pour l'instant. Nous sommes tous les deux conscients que Maman sait qu'il se passe quelque chose, mais il est important pour nous de pouvoir nous lancer dans notre relation sans l'opinion de ceux avec qui nous sommes obligés de passer toutes nos journées.

C'est loin d'être la meilleure façon de commencer une relation, mais en même temps, se faufiler en douce et espérer ne pas se faire prendre est plutôt excitant.

Plus les jours passent, plus nous prenons des risques. Les petits attouchements et les regards entre nous deviennent moins discrets. Maman les voit presque à chaque fois, mais pour autant que nous le sachions, Papa et Levi n'ont toujours rien remarqué.

Pendant la journée, nous continuons à faire comme d'habitude. Je passe le plus clair de mon temps dans ma chambre à faire mes devoirs ou à parler aux filles, et il est soit en train de marquer des paniers avec Levi, soit en train de travailler dur dans le jardin avec mon père. J'ai découvert que si je me faufilais dans sa chambre qui donne sur le jardin, je pouvais continuer à travailler tout en le regardant transpirer avec sa pelle.

La vie est assez parfaite malgré la catastrophe qui frappe le monde extérieur en ce moment.

Plus nous restons coincés dans la maison,

plus j'ai envie de sortir de ces quatre murs. J'ai hâte de pouvoir aller faire des choses aussi simples que d'aller savourer un repas au restaurant comme un couple normal, ou même juste de faire une longue promenade sur la plage suivie d'un milk-shake à Aces. Je veux faire la fête chez Ethan et emmener Emerson avec moi pour le présenter à mes amis. Ils le connaissent tous. Tout le monde à Rosewood le connaît et connaît mon frère. Ensemble, ils ont emmené l'équipe de basket-ball jusqu'aux finales de l'État l'année dernière. Leur réputation les précède. Mais je veux qu'ils le connaissent comme mon petit ami, pas seulement comme une légende sur le terrain.

« Mmm... j'ai hâte d'aller me coucher, » murmure-t-il à mon oreille pendant que je sors la vaisselle pour le dîner. Maman vient de prendre la nourriture en nous laissant quelques secondes d'intimité avant de revenir prendre les verres qui sont posés sur le côté.

« Moi aussi. »

Toute la soirée se passe tout à fait normalement, comme d'habitude. Après avoir mangé, Emerson sort pour discuter avec ses parents. Au lieu de parler au téléphone, ils se parlent en criant entre nos deux allées. Je sais que c'est un moment de la journée qu'il attend toujours avec impatience, pour voir de ses propres yeux qu'ils vont bien tous les deux.

Nous regardons tous les actualités quotidiennes avec la peur qui nous remplit l'estomac. Nous n'avons aucune idée de combien de temps cela va durer, mais avec Emerson à mes côtés, cet inconnu me dérange moins chaque jour. Tant qu'il sera avec moi, je suis sûre que réussirons à ressortir de cette période étrange presque indemnes.

Après avoir dit que j'allais dans ma chambre peu de temps après que mes parents sont allés dans la leur, je me déshabille et me dirige vers la douche. La journée a été chaude et humide et je suis presque aussi désespérée de me rafraîchir qu'impatiente qu'Emerson vienne me retrouver.

Ce n'est que dix minutes plus tard que la porte de sa chambre se ferme et qu'une ombre apparaît dans l'embrasure de la porte de la salle de bain.

« Je pourrais y prendre goût, » dit-il, ses yeux parcourant mon corps nu et humide.

« Qu'est-ce que tu attends ? »

« Absolument rien, putain. »

En un clin d'œil, il se déshabille et déroule un préservatif le long de sa queue. Il me soulève pour que mon dos s'appuie contre le mur et m'y coince avec ses hanches tandis que ses mains glissent sur mes cheveux déjà mouillés.

« J'ai attendu ça toute la journée. » Je n'ai pas la chance de répondre car ses lèvres trouvent les miennes.

Nous sommes toujours en train de nous embrasser, désespérés de nous retrouver après une journée en famille et de travail, quand il aligne sa bite avec mon entrée et qu'il s'enfonce en moi.

Nous gémissons de plaisir, mais nos bruits sont étouffés par nos bouches soudées entre elles et par le bruit de l'eau qui coule. Chaque fois que nous sommes ensemble, j'ai peur que nous soyons trop bruyants et que ça éveille les soupçons, mais jusqu'ici tout va bien. Je sais que chaque fois que nous nous retrouvons, nous nous rapprochons du moment où nous allons être surpris. Cela ne peut pas durer des siècles en étant coincés dans une maison avec trois autres personnes.

« Ton lit ou le mien ? » Emerson me demande en me passant une serviette une fois qu'il m'a donné deux orgasmes en presque autant de minutes.

Les bruits de Levi qui s'apprête à aller se coucher s'entendent clairement maintenant que la douche est éteinte et que nous ne sommes plus distraits.

« Le mien. Je me réveille toujours en me demandant où je suis quand je reste avec toi. »

« Euh, cela signifie que je dois faire mes valises, » plaisante-t-il, en raccrochant sa serviette au crochet et en marchant nu dans ma chambre. Sans honte, je regarde ses fesses pendant qu'il bouge.

« Je peux te sentir me regarder. »

« Bien, » dis-je en retirant ma brosse à dents du gobelet et en y mettant du dentifrice.

En réalisant que j'ai oublié de prendre une bouteille d'eau, je prends le maillot d'Emerson par terre, l'enfile et le rejoins dans ma chambre.

Il est gigantesque pour moi. Il arrive presque jusqu'à mes genoux et est beaucoup plus échancré sur les côtés que ce que je souhaiterais, mais je sais à quel point il aime me voir enveloppée dans ce maillot portant son nom et son numéro.

« Aussi sexy que ce soit, je te préférerais nue. »

« Je vais juste chercher à boire. »

« Comme ça ? »

« C'est bon. Tout le monde est au lit. »

« OK. Fais vite. »

Je me glisse hors de la pièce et descends rapidement les escaliers. Je n'allume aucune lumière. Je n'en ai pas besoin. J'ai vécu ici toute ma vie. Je peux naviguer dans le noir sans problème.

Je suis en train de sortir une bouteille du frigo quand la lumière au-dessus de moi illumine la pièce.

« Qu'est-ce que tu portes, bordel ? » Levi explose.

Je me retourne, le choc de cette lumière aveuglante et du son de sa voix m'empêchent de penser aux conséquences.

« Putain de merde, Alyssa. » Il couvre ses yeux et je couvre rapidement mes seins qui dépassent.

« Pourquoi diable es-tu... ? Oh non. Oh

putain, non. Dis-moi que ce n'est pas vrai. Dis-moi qu'il n'est pas— »

Avant que j'aie le temps de dire quoi que ce soit, il s'en va en trombe.

« Levi, reviens, » je crie en me précipitant derrière lui. Nos pas martèlent les escaliers. J'espère seulement que nous serons assez bruyants pour alerter Emerson de ce qui l'attend.

Levi franchit la porte de ma chambre quelques secondes avant moi. Je suis trop lente. Le temps que j'entre dans la pièce, il traîne Emerson nu hors de mon lit. Son épaule heurte le mur après avoir été poussé violemment par Levi.

« Qu'est-ce que tu fous ? », crie-t-il, en prenant de l'élan et en balançant son poing dans le visage d'Emerson.

« Levi, arrête. S'il te plaît, arrête. »

Je vole vers lui, en essayant de l'empêcher de lui lancer un autre coup mais il est trop fort pour moi. Alors au lieu d'essayer de l'arrêter, je me tiens entre eux deux, en espérant que mon frère sera assez raisonnable pour ne pas m'assommer.

« Lys, qu'est-ce que c'est que... oh putain, »

aboie Papa, en courant dans la pièce dans la robe de chambre rose soyeuse de Maman. Il enroule ses bras autour de la taille de Levi et réussit à le tirer en arrière.

Je me tourne vers Emerson dont le visage est déjà enflé, un filet de sang coulant de sa lèvre fendue.

« Tiens, » la voix douce de Maman résonne dans mon oreille alors que ma robe de chambre tombe sur mes épaules.

Je la retire rapidement pour couvrir Emerson avant de m'en prendre à mon frère.

« C'est quoi ce bordel, Levi ? »

« Quoi ? », il bouillonne. « Ne joue pas l'innocente. Il était dans ton putain de lit. Nu. »

« Ouais, je suis au courant. »

Il essaie de se libérer de la prise de Papa mais n'y parvient pas. Au lieu de cela, il reste là, sa poitrine se soulevant avec les lèvres retroussées de colère.

« Je vais te tuer pour l'avoir touchée, » lance-t-il par-dessus mon épaule à son meilleur ami avant de se tourner, de se libérer des bras de Papa et de sortir de ma chambre.

Papa nous regarde tour à tour avant de se

concentrer sur Maman. « Tu le savais, n'est-ce pas ? »

Elle hausse les épaules. « Je leur laissais juste explorer ce qu'il y a entre eux en paix. »

« Tu as l'impression que c'était un bon plan ? »

« Très bien. Pas besoin d'en faire tout un plat. Tu devrais aller calmer ton fils. Je m'occupe de ce qu'il se passe ici. »

« Je vais bien, » marmonne Emerson, affalé sur le sol de ma chambre.

Papa disparaît, en faisant ce qu'on lui dit.

« Lys, va chercher la trousse de secours dans la salle de bain. »

Je me précipite hors de la pièce alors qu'elle se penche pour examiner les blessures d'Emerson. « J'espère que ça en valait la peine, » lui dit-elle doucement.

« Chaque seconde en valait la peine. »

Avec un sourire sur le visage, je me dirige vers le couloir pour aller chercher ce dont elle a besoin. Le son des cris de mon frère me parvient de quelque part en bas, mais je l'ignore. Il réagit de manière excessive.

Maman et moi nettoyons le visage d'Emerson avant qu'elle ne nous quitte. Elle s'arrête quand elle est à la porte et nous regarde tous les deux, toujours assis par terre. « Laissez-lui juste du temps. Ne vous donnez pas en spectacle devant lui. J'aurais envie de dire qu'Emerson devrait peut-être retourner dans sa chambre, mais je sais que cela tomberait dans l'oreille d'un sourd. Alors... soyez juste discrets, hein ? »

« Je pensais que nous l'étions, » dis-je alors qu'elle disparaît, en refermant la porte derrière elle.

« Allez, allons au lit. »

J'aide Emerson à se lever et après avoir retiré son maillot, je grimpe dans le lit à côté de lui et me blottit contre lui.

« Je suis désolée, » je murmure, en embrassant le dessous de sa mâchoire.

« Ce n'est pas de ta faute, bébé. Je savais que ça arriverait tôt ou tard. »

« Tu pensais ce que tu as dit à ma mère ? »

Il reste silencieux pendant quelques secondes alors qu'il réfléchit. « Tu as entendu, hein ? »

J'acquiesce.

« Oui, je le pensais vraiment. Il peut me faire mal autant qu'il veut, cela ne me fera pas regretter ça. » Ses bras me serrent plus fort et ses lèvres se pressent contre le sommet de ma tête.

Je reste allongée comme ça pendant très longtemps, en ruminant les événements de la nuit encore et encore. C'est de ma faute. Si j'avais mis ma robe de chambre pour descendre, Levi n'aurait jamais fait le rapprochement.

Il est remonté se coucher il y a seulement quelques instants. Chaque muscle de mon corps s'est tendu quand ses pas se sont arrêtés devant ma porte pendant quelques secondes de trop. La chose dont on se passerait bien c'est qu'il entre et nous trouve ensemble.

Une fois que j'ai la certitude qu'Emerson est endormi, je me dégage de ses bras, enfile ma robe de chambre et sors doucement de la pièce.

Je vais jusqu'à la chambre de Levi et frappe a la porte.

« Oui, » aboie-t-il, et je l'ouvre et entre.

Je reste près de la porte avec mes doigts enroulés autour de la poignée, juste au cas où j'aurais besoin de partir rapidement.

« Je suis désolée. »

« Ah bon ? » Il est assis de l'autre côté du lit,

en me tournant le dos, la tête penchée entre ses épaules.

« Bien sûr. »

« Désolée de l'avoir touché ou désolée de t'être fait prendre ? »

« Ni l'un ni l'autre, » dis-je honnêtement. « Je suis désolée de ne pas te l'avoir dit. »

« Lys, » soupire-t-il en se levant et en se tournant vers moi. Cela prend un moment mais finalement ses yeux se lèvent vers les miens. « Je suis désolé aussi. J'ai paniqué. »

« Juste un peu. »

« C'est juste que... tu es ma petite sœur et c'est... »

« Ton meilleur ami. »

« J'allais dire un chien, mais oui, ça aussi. »

Le silence se fait entre nous.

« Est-ce... est-ce sérieux ? »

« Aussi sérieux que je pense que cela puisse l'être. »

« Oh mon Dieu. » Il regarde vers le plafond. « Tu es amoureuse de lui, n'est-ce pas ? »

« Oui, je pense que je le suis. »

« Putain de merde, Lys. De tous les mecs... »

« Je sais. Ça a toujours été lui, Levi. »

« Eh bien, je suppose que c'est comme ça. S'il vous plaît, évitez juste de vous afficher devant moi. »

« Nous ferons de notre mieux. »

« Maintenant, sors d'ici et va t'occuper de ton... petit-ami. » La façon dont il prononce ces mots me fait rire.

En m'approchant de lui, je dépose un baiser sur sa joue. « Merci, frérot. »

« Eh bien, je ne t'en prie pas du tout. »

Je ris en quittant sa chambre, mais je m'arrête brusquement quand je trouve Emerson appuyé contre le mur à l'extérieur de la chambre de Levi avec un large sourire sur le visage.

« Quoi ? » je demande avec hésitation.

« Dis-le encore. » Mes sourcils se froncent. « Je veux que tu me regardes quand tu le dis cette fois. »

« Quo—oh. » Je m'approche de lui et fais courir mes paumes sur sa poitrine jusqu'à ce que je passe mes doigts derrière son cou. Il est si grand que je me retrouve sur la pointe des pieds avec toute la longueur de mon corps pressée contre le sien. Je regarde dans ses yeux bleus et ravale l'émotion qui menace de me boucher la gorge. « Je t'aime, Emerson Locke. »

« Je t'aime aussi, bébé. » Ses bras m'entourent et je soupire de contentement... avant que le son de la voix de mon frère ne nous agresse.

« Vraiment ? Juste devant ma porte. Allez vous faire foutre. »

Nous éclatons tous les deux de rire alors que nous nous excusons et retournons dans ma chambre pour passer tranquillement la nuit à nous prouver ce que nous ressentons.

ÉPILOGUE

Alyssa

Six mois plus tard...

« Je n'arrive pas à croire que vous ne m'accompagniez pas à la fac, » dis-je à mes parents alors que nous sommes debout dans l'allée. La voiture d'Emerson tourne au ralenti derrière nous, chargée de toutes mes affaires prêtes à partir pour l'université Maddison Kings.

« Quelqu'un a peut-être été très persuasif, » dit Maman en levant les yeux et en souriant à Emerson, qui attend que je leur dise au revoir. C'est fou, l'université n'est pas si loin et nous avons déjà prévu de rentrer le week-end suivant pour l'anniversaire de Papa. Ce n'est pas comme si j'allais à l'autre bout du pays.

« Je vous aime tous les deux. »

« Nous t'aimons aussi. » Deux paires de bras s'enroulent autour de moi et des larmes me brûlent les yeux.

« Je dois y aller. »

Maman renifle, en prouvant que je ne suis pas la seule à essayer de ne pas m'effondrer.

« Appelle-nous quand vous serez arrivés. »

« Je le ferai. »

Je monte du côté passager sans me retourner.

« OK, allons-y. »

« Tu as le droit de pleurer, tu sais. »

« Je sais. Je me sens juste ridicule de m'émouvoir pour ça. »

« C'est normal. Tu quittes le seul endroit que tu aies jamais connu pour te lancer dans une nouvelle vie. »

« Ça ne m'aide pas vraiment. »

« Désolé, » marmonne-t-il, l'amusement remplissant sa voix alors qu'il s'éloigne de la maison où nous avons tous les deux passé tant de temps au cours de ces derniers mois.

Dès que le confinement a été levé après que les taux de contamination effrayants du virus ont commencé à diminuer, nous avons passé ce qui restait de l'été à profiter de notre temps tous les deux. Nous avons passé des heures à marcher sur la plage, à discuter de ce que la vie universitaire pourrait nous réserver. J'ai complété mon dossier de candidature avec les documents nécessaires et j'ai été définitivement acceptée à Maddison pour étudier l'art. Tout était sur le point de changer, mais tout semblait tellement plus facile en sachant qu'il allait être là.

Je n'étais pas la seule à avoir été acceptée à Maddison. J'ai beaucoup d'amis qui vont aller dans cette université, alors je sais que j'aurai du soutien.

Emerson me parle de ce à quoi je dois m'attendre pendant mes premières semaines en tant qu'étudiante. Il me parle des fêtes, de l'alcool et aborde brièvement le sujet des cours.

« Emerson, les dortoirs ne sont-ils pas par-là ? », je demande quand il passe devant ce que je pensais être la route vers mon nouveau chez moi.

« Ouais. Mais nous n'allons pas là-bas. »

« Pourquoi ? »

« J'ai une surprise pour toi. »

Dix minutes plus tard, nous nous garons dans un petit parking derrière un immeuble.

« On est où ? »

« Attends. Viens. »

Il saute de la voiture et ma curiosité me pousse à le suivre.

Il sort des clés de sa poche, il ouvre la porte d'entrée et m'entraîne ensuite vers un escalier et jusqu'au dernier étage.

« C'est ici, » dit-il en s'arrêtant devant une porte. « Ferme les yeux. »

« Quoi ? »

« Euh, bien. » Sa grande main s'enroule autour de mon visage, en me coupant efficacement la vue.

« Emerson, qu'est-ce que c'est que ce bordel ? »

Le bruit de la porte qui s'ouvre remplit mes oreilles avant qu'il ne me pousse en avant.

« Bienvenue à la maison, bébé. » Il retire sa main de mon visage et après avoir cligné des yeux plusieurs fois, un salon entièrement meublé apparaît devant moi.

« Qu'est-ce que... ? »

« Surprise. »

« Quoi... »

Je tourne sur moi-même, en regardant tout ce qu'il y a autour de moi. Mais ce n'est que lorsque je repère quelques photos de nous deux sur une étagère que je commence à réaliser vraiment.

« C'est chez nous ? »

« Clairement, bébé. »

« Et la résidence universitaire ? »

Il hausse les épaules.

« Et mes parents ? »

« Ils sont dans le coup. »

Un rire sort de ma bouche. « Alors... c'est ici que je vais vivre ? Avec toi ? Rien que nous deux ? »

« Si tu veux de moi. »

« Oh mon dieu, c'est incroyable, Emerson. Merci. » Je me jette sur lui et écrase mes lèvres sur les siennes, et là, au centre de notre nouveau salon, nous nous lançons ensemble dans notre avenir en couple. Je peux envisager encore quelques jours de confinement ensemble à l'avenir.

Envie de passer plus de temps à Rosewood ?
Commencez la série maintenant avec
THORN.

À PROPOS DE L'AUTEUR

Tracy Lorraine est une auteure à succès de romans d'amour contemporain pour New Adults reconnue par USA Today et Amazon. Tracy vit dans un joli village des Cotswolds en Angleterre avec son mari, sa fille et un adorable, épagneul springer qui est un peu fou. Ayant toujours été une accro aux livres avec la tête plongée dans son Kindle, Tracy a décidé de s'essayer à écrire une histoire qu'elle avait revé et elle n'a jamais regardé en arrière.

Soyez le premier à découvrir les nouveautés et les offres. Inscrivez-vous à sa newsletter ici.

Si vous voulez savoir ce qu' elle fait et voir des teasers et des extraits de ce sur quoi elle travaille, alors vous devez être dans son groupe Facebook. Rejoignez Tracy's Angels ici.

Restez à jour avec les livres de Tracy sur www.
tracylorraine.com